KB100382

오늘도 소집하나요?

자연 여행자에서 사람 여행자가 된

아버지와 딸이 강릉에서 그려가는

갤러리 이야기, 소집

고기은 지음

프롤로그

'여기가 정말 소가 살았던 공간이라고?'

'아버지와 딸이 같이 꾸려가는 갤러리라고?'

누군가는 한 편의 동화라고 말한다. '동화라면 행복하게 살았습니다'로 결말이 나겠지만 강릉 남항진 해변으로 향하는 길에 자리한 병산동 마을의 작은 갤러리 '소집' 이야기는 5년째 현재 진행형이다.

소집은 소를 키웠던 공간에서 이야기를 키워가는 갤러리로 2019년 4월 24일 문을 열었다. 해마다 '이대로 괜찮은 걸까?' 고민이 깊어진다. 지난해 봄에 고민이 절정기에 다다랐다. '계속 이 공간을 할 수 있을까?' 갈림길에 서 있었기 때문이다. 매입이 아닌 세입으로 공간을 시작했던 것이기에, 5년의 계약기간 만료일을 1년 앞두고 고민이 깊어졌다. 더 이상 할 수 없는 상황이 될 수도 있고, 더 할 수 있는 상황이 되어도 마음이 편치 않은 상황이었다.

현실적인 고민이 꼬리에 꼬리를 물며 나를 괴롭혔다. 조금 지쳐 있기도 했다. 앞으로 나아갈 힘이 없었다. 잠시 멈춰서서 되짚어 봐야 할 시점이라는 걸 직감했다. 그때 머릿속을 맴도는 질문이 하나 있었다.

'소는 누가 키우나?'

처음 소집을 시작하며 연 오프닝 토크 주제가 '소는 누가 키우나?' 였다. 그 질문이 다시 떠올랐다. 그 질문을 다시 나에게 묻고, 또 소집을 찾는 사람들에게 묻고 싶어졌다.

1년 안에 망할 줄 알았던 지역 갤러리 소집이 지금까지 안 망한 것도 많이들 신기해한다. 코로나19로 내로라하는 가게들도 줄줄이 문을 닫았던 때에 살아남은 것도 놀라워한다.

'지금까지 소집은 어떻게 버텼을까?'
'과연 이 공간은 어떻게 지켜가고 있는 걸까?'

지난해 여름 <소(所: 곳, 장소)는 누가 키우나> 프로젝트는 그렇게 시작되었다. 감사하게도, 방송콘텐츠진흥재단에서 주관하고 홈앤쇼핑이 후원한 제4회 지역 살리기 프로젝트 <방방곳곡:지역이-음> 콘텐츠 제작 지원사업에 선정되어 영상을 제작할 수 있었다. 오랜만에 아버지와 의기투합한 협업 프로젝트이기도 하다.

1부 강릉 소집 갤러리 고종환, 고기은 작가 편, 2부 정선 사진 작업실, 들꽃 이혜진 작가 편, 3부 강릉 웨이브 우드 이동근 작가 편으로 제작했다. 지역에서 창작 활동과 더불어 문화공간을 운영하는 사람들의 이야기, 함께하는 사람들의 이야기를 담았다. 오랜만에 두근거리는 작업이었다. 담고 싶은 이야기는 너무나 많은데 분량 제한이 있어 줄이고 줄여야 했다. 다 풀지 못한 이야기를 글로 풀어냈다.

고향으로 돌아온 지 8년, 공간을 한 지 5년에 접어들어서야 용기가 생긴다. 글을 쓰지 않는 시간도 글을 쓰는 시간이라고 말했던 선배의 말을 되뇌는 오늘이다. 이제야 비로소 그 시간을 헤아리고 쓰는 밤이다.

차 례

긴장과 설렘 사이에서. 소집

잊어버린 혹은 잃어버린 시간을 재생하는 공간. 소집

<소집으로 가는 길>

고종환 作

‘처음’의 길 위에서

함께한 사람들,

소집

첫 걸음의 길 위에서

"

소를 직접적으로 가지고 있는

사람이 키우겠지만

그 한 사람만으로는 안 되는 것 같아요.

그래서 그 옆에 있는 사람들이

같이 어우러져서 키우는 것 같아요.

"

- 민혜인 / 소집 최다 방문 관람객 & 든든지기

'소는 누가 키우나요?'라고 물었을 때, 민혜인 든든지기의 답변이다. 든든지기는 꾸준히 소집을 찾아주고 늘 변함없이 응원을 해주는 사람들의 애칭이다. 민혜인 든든지기는 전시가 바뀔 때마다 찾아주어 마음을 채워주는 고마운 관람객이다.

그의 말처럼, 소는 정말 혼자서 키울 수 없다. 소집은 처음부터 혼자서 시작할 수 없는 공간이었다. 회사를 그만두고, 프리랜서로 활동하면서 나의 수입은 들쭉날쭉했다. 벌이도 시원치 않았으니 모은 돈도 없었다. 그랬으니 솔직히 공간을 할 엄두도 못 냈다. 설령 공간을 꿈꿨더라도 꿈으로만 머물러야 했다.

2018년 봄. 믿었던 사람들이 등을 돌리며 어디론가 다시 떠날 마음이 커지던 때였다. 예전 같으면 뒤도 안 돌아보고 떠났을 나지만 그때는 이상하게 이대로 떠나긴 싫었다. 그때 눈에 들어온 것이 강원창조경제혁신센터의 <동해안 공간 기반 청년창업 지원사업> 모집 공고였다. 그 공고를 보고 생각했다. 이곳을 떠나기 전에 마지막으로 한번 지원해 보자고. 그때 공간을 구하지 못했다면, 지원사업에 떨어졌다면 아마도 난 지금 강릉이 아닌 곳에서 다른 일을 하며 살고 있지 않을까 싶다.

가장 아프게 하는 것도 사람이지만 가장 낫게 하는 것도 사람이었다. 가장 힘들 때 손을 놓아버린 사람들이 있었고, 또 손을 잡아준 사람들이 있었다. 그때 당시에 협업 활동을 한 언니, 오빠가 정말 좋은 기회인 거 같다며 꼭 지원해 보라고 용기를 주었다. 어쩌면 그때 난 어디에도 둘 수 없는 마음을 여기에 잠시 기댔었던 것 같다. 지원하려면 우선 '유휴공간'부터 찾아야 했다.

가장 가까이에 아버지부터 발 벗고 나서서 공간을 알아봐 주셨다. 발이 넓은 아버지는 곳곳에 연락을 해주셨다.

'조용한 곳이었으면 좋겠다.'
'바다가 가까웠으면 좋겠다.'

어떤 공간이든 찾는 게 급선무였지만 그 와중에 나는 '이런 곳이면 좋겠다'라는 두 가지의 기준을 마음속에 잡아두었다. 공간을 찾으러 다닐 때도 강릉 시내 쪽을 제외하고, 주로 외곽 쪽으로 돌아보았다. 주문진을 시작으로 사천, 연곡, 송정, 초당 쪽으로 내려오며 바닷가 인근 마을들을 중심으로 찾아다녔다. 딱 원하는 위치에 비어 있는 집들을 만나면 반갑다가도, 주인과 연락이 되지 않아 답답할 때가 많았다. 가까스로 주인과 연락이 닿아도 냉랭한 반응이었다. 그렇게 열아홉 번의 허탕이 이어졌다. 찾을 수 있다는 희망은 점점 옅어졌다.

'아무래도 떠나야 하나 보다.'

그렇게 마음을 내려놓으려는 찰나에 아버지의 휴대폰 벨소리가 울렸다.

"우리 동네에 한 번 와봐!"

아버지 친구분의 전화였다. 그 동네가 바로 병산동 마을이다. 감자옹심이 맛집이 모여 있는 마을이라 가끔 가족과 감자옹심이와 감자전을 먹으러 가곤 했던 곳이다. 길가에 음식점들만 보았지, 뒤편의 마을을 가본 건 처음이었다. 친구분이 알아봐 준 곳은 두 곳이었다. 차례차례 돌아보았다. 우선 병산동 마을의 한적하고 고즈넉한 분위기 자체가 참 좋았다. 내심 이 마을에서 꼭 구할 수 있으면 좋겠다고 생각했다. 첫 번째 옛집은 주변 풍경도 정말 아름답고, 마음에 쏙 들었는데 공간의 일부만 사용해야 했다. 조건에 맞지 않아서 아쉬움을 뒤로하고 다음 공간을 찾아갔다. 다음 공간도 역시나 첫 번째 공간처럼 일부만 사용할 수 있었다. 두 번째 집마저 여의찮은 상황이 되었다. 비까지 와서 울적함이 더해졌다. 발걸음이 쉬이 떨어지지 않았다. 두 번째 집 툇마루에 털썩 앉아 한숨을 푹 쉬며 마당을 다시 보는데 꽃이 활짝 핀 큰 배롱나무가 보였다. 빗방울 맺힌 붉은 꽃이 어쩐지 위로를 건네는 것 같았다. 그렇게 하염없이 배롱나무를 바라보는데, 그 뒤로 허름한 회색 건물이 눈에 들어왔다. 소집을 발견한 첫 순간이다. 첫눈에 반한 순간이기도 하다.

'무슨 건물이지?'

호기심이 발동했다. '내부는 어떨까?' 몹시 궁금해서 어르신께 문을 열어달라고 부탁했다. 건물에 들어가 보니 안 쓰는 집기류가 가득 쌓여 있었다. 그 사이로 7개의 기둥이 눈길을 확 사로잡았다. 예전에 어떤 곳이었는지 여쭤보니, '소가 살던 곳'이라고 했다. 여섯 번째 기둥에 걸린 '멍에'를 보는 순간, '여기다!' 싶었다. 가슴이 두근거렸다.

"다 쓰러져 가는데 괜찮겠어?"

아버지는 걱정이 크셨다. 그래도 혹시 모르니 집주인분과 상의를 해보고 싶다고 했다. 실제 집주인분과 연락이 닿아 곧바로 다음날 만났다. 어떤 공간을 할지 대략적인 계획을 말씀드렸다. 다행히 집주인분이 취지에 공감해 주며 공간 사용을 허락해 주셨다. 높은 산을 하나 넘는 순간이었다.

지원사업 제출일이 얼마 남지 않아 참가신청서와 사업계획서를 부랴부랴 작성하였다. 서류 통과 후, 2차 PT 면접이 이어졌다. 일이 술술 풀리는 건가 싶었다. PT 날은 내 생일이기도 했다. 생일 때마다 어디론가 여행을 가는 나였지만, 그날은 여행을 포기했다. 한정된 시간에 발표를 하는데, 시간이 흐를수록 긴장감은 더해졌다. 질문을 받는 시간엔 대답을 어떻게 했는지 도무지 기억이 나지 않을만큼

머리가 띵-했던 순간이다. 심사위원 중 한 분의 날카로운 질문에 마음의 상처를 제대로 입고 나왔다. 버스 정류장까지 털털거리며 걷는데 휴대폰이 울렸다. 어머니의 전화다. 전화를 받을지 말지 고민하다 받았다.

"발표는 끝났어?"
"응……."
"고생했어, 우리 딸"

어머니 목소리를 듣는 순간 겨우 참은 눈물이 왈칵 쏟아졌다. 발표를 잘 마무리해서 밝은 목소리로 먼저 전화를 걸고 싶었는데. 속상할 뿐이었다. 셋째 동생 은정이를 만나 저녁을 먹으며 잔뜩 넋두리를 늘어놓았다. 가만히 내 이야기를 들어주고 헤아려 주는 동생이 있어 울적한 기분을 달랠 수 있었다.

그렇게 며칠이 흐른 어느 날 걸려 온 전화. 최종 선정이 되었다는 소식을 전하는 지원사업 담당자의 전화였다. 통화를 마치자마자 눈물이 쏟아졌다. 눈물을 흘리며 어머니, 아버지, 동생들에게 차례차례 소식을 전했다. 모두가 힘든 시기여서, 이 소식은 가족의 큰 기쁨이기도 했다. 이곳에 더 있어야 할 이유가 생겼다.

그 당시 나는 온전히 두 발로 걷기도 힘든 시기였다. 왼발을 다쳐 한 달 넘게 깁스를 한 때였다. 내 방에서 화장실까지 가는 것도 힘겹고, 계단을 올라가고 내려가는 것도 버거웠다. 그때 새삼 두 발로 걷는 소중함을 절실히 깨달았다. 깁스를 풀고 내디뎠던 첫걸음을 잊을 수 없다. 그 첫걸음을 더욱 잊을 수 없는 건 다시 이곳에서 살아갈 힘을 내보는 첫걸음이기도 했기 때문이다. 그때 함께 곁을 지켜준 사람들에게 다시 한번 고맙다고 말하고 싶다. 내 성정이 넉넉하지 못해서 지금은 그 고마움을 직접 표현할 수 없는 사람들에겐 미안한 마음도 함께 전한다.

: 하고자 하는 의지를 키워준 사람들

지난해 가을. 홍천에서 열린 <소진공(소상공인시장진흥공단)과 함께하는 군 장병 창업 토크 콘서트>에 토론 진행자로 함께했다. 담당자에겐 사전에 100여 명의 군 장병들이 참여한다고 들었는데, 현장을 가보니 200여 명 가까운 군 장병들이 대강당을 가득 메우고 있었다. 원승현 그래도팜 대표, 이상혁 트리밸 대표, 유창진 솔솔밀크티 대표의 창업 사례를 차례차례 듣고 난 후 토론 시간이 이어졌다. 세 대표와는 개인적인 친분은 없지만, 강원창조경제혁신센터와의 인연으로 알게 되었다. 멘토님들을 통해 그들이 각 지역에서 얼마나 애쓰며 살아가고 있는지 고군분투하는 소식을 사이사이 듣곤 했다. 세 대표 모두 지역에서 최소 6년 이상을 인내하며 업을 쌓은 분들이기에 한 사람 한 사람의 이야기는 그 자체로 귀했다.

사전에 세 대표의 발표 자료와 기사를 토대로 질문을 준비했다. 세 가지의 공통점이 읽혔다. 첫 번째는 '떠날 생각만 가득한 지역을 자발적으로 택한 사람들'이라는 점, 두 번째는 '가족과 함께 일하는 사람들'이라는 점, 세 번째는 '전직, 전공과는 다른 일을 현재 하는 사람들'이라는 점이다. 이와 관련한 사전 질문을 몇 가지 준비해 갔다. 그런데, 현장 분위기를 보니 군 장병들이 창업에 대한 고민이 정말 깊다는 것을 느꼈다. 현장 담당자도 군 장병들의 질문을 중심으로 하면 좋겠다고 해서 즉흥 질의응답으로 변경했다. 질문이 없으면, 그때 사전 질문을 하기로 했다. '아무도 질문을 하지 않으면 어쩌지?' 했는데 괜한 걱정이었다. 질문이 줄을 이었다.

군 장병들의 질문을 들으면서 창업을 하려고 할 때 가장 큰 고민이 '창업자금'이라는 것을 알았다. '나는 모아 놓은 돈이 없는데', '대출을 받아야 하나?', '실패하면 어쩌지?'. 고민에 격하게 공감한다. 나도 그랬으니까. 나야말로 퇴직금 탈탈 털어 여행을 다녀왔고, 고향으로 돌아올 무렵엔 거의 무일푼이었기 때문이다. 공간은커녕, 창업한다는 것도 꿈꿀 수 없었다. 그런데 '하고자 하는 마음'을 먹으면 할 방법은 찾아진다. 토크콘서트에서 유창진 대표도 강조한 것이 '돈'보다 '하고자 하는 의지'가 더 중요하다고 했다. 깊이 공감한다.

8년 전 고향으로 돌아왔을 때 나는 별 계획이 없었다. 그런데 무언가를 배우는 건 좋아해서 틈나는 대로 배우러 다녔다. 무언가를 하고자 하는 의지, 그 첫 번째는 '무언가를 배우겠다는 의지'였다. 프리랜서의 삶을 택한 후 좋은 것은 내 시간을 쓸 수 있다는 점이다. 회사 다닐 땐 고정된 출퇴근 시간 속에 살아야 해서, '내 시간을 쓴다'라는 개념 자체가 없었다. 프리랜서가 되니 돈은 많이 못 벌지만, 확실히 내 시간을 벌 수 있었다. 도서관, 문화재단, 여성문화센터에서 다양한 강좌가 열렸다. 수업료가 대부분 무료였다. 시간만 있다면 이것저것 배울 수 있어서 좋았다. 그때 캘리그래피도 배우고, 해금도 배우고, 사진도 배웠다. 커피, 꽃차, 맥주, 막걸리를 만드는 법도 배웠다. 나이를 허문 친구들과 전시회도 하고, 여행 책자도 만들었다.

그 무렵, 창업 강좌도 종종 들었다. 그러면서 창업에 대한 막연함과 두려움도 줄어들었다. 나의 첫 창업은 '출판사'다. 아버지와 함께 2년 동안 취재를 한 강원도 석호 여행기를 독립출판으로 제작하면서 사업자등록을 해야 했다. 출판사는 무점포여도 시작할 수 있어서 현재 사는 곳을 주소로 해서 부가가치세 면세사업자로 사업자등록을 했다. 어쩌다 출판사를 차리게 되었지만, 첫 책을 내고 나니 사이사이 일거리가 들어왔다. 글쓰기 강의도 그때부터 시작할 수 있었다. 일단 시작하니 무언가를 하게 되었다.

'경험이 재산'이기에 하고자 하는 의지도 중요하지만, 그것을 실제로 해보는 것이 정말 중요하다. 토크 콘서트 때 발견한 세 대표의 또 하나의 공통점은 '다양한 경험을 한 사람들'이었다. 보통은 실패에 대한 두려움이 큰데 그들은 그렇지 않았다. 실패해도, 그것이 실패가 아니라 새로운 것을 발견하는 과정이라는 걸 여실히 아는 사람들이었다. 이 점은 고향에 와서 새로이 만난 사람들의 공통점이기도 했다.

그 사람들을 만날 수 있었던 계기는 강원창조경제혁신센터의 <2017년 지역생활문화 청년혁신가> 사업 덕분이다. <2018년 동해안 공간 기반 청년창업> 사업에 앞서 처음 지원사업을 받은 것이었다. '지역생활문화 청년혁신가' 사업은 지역의 특색 있는 생활문화를 기반으로 한 비즈니스모델을 개발하고 지원하고자 하는 취지로 추진된 사업이었다.

그때 나는 동생 은정이와 한 팀을 이루어 지원했다. 20개 팀 중 한 팀으로 선발이 되었다. 강원도의 자연 호수인 '석호'를 주제로 책을 출간한 것이 중요한 역할을 했다. 아버지의 사진, 나의 글, 동생이 디자인한 책 <뷰레이크타임>은 우리 가족이 합심해서 만든 첫 책이다. 그 책이 이렇게 지원사업에 선발되는 데에도 큰 역할을 한 것이다. 이 책을 기반으로 여행 콘텐츠를 만들어 보고 싶은 마음이 섰다.

지금은 '로컬크리에이터(지역가치 창업가) 지원사업'이 지역마다 경쟁률이 무척 치열하지만, 그 당시만 해도 강원도 18개 시군에 청년들이 몹시 귀한 시기였다. 한 지역에 평균 한 팀이 선발되었다. 그래서 그때 함께 선정된 분들과는 꽤 유대감이 깊다. 낯설기만 한 지역들이 한 사람 한 사람을 알아가면서 더 이상 낯설지 않게 되었다.

사실 지역에서 가장 힘든 건, 어른들이 지역으로 다시 돌아온 청년들을 보는 따가운 시선이다. '얼마나 잘하나 보자', '얼마나 버티나 보자'라는 식이다. 이건 지금도 여전하다. 물론 지금은 그만큼의 맷집도 길러져서 타격감이 그리 크진 않지만, 처음엔 정말 힘들었다. 아주 가끔 다정한 어른들을 만나기도 하지만 '잘 다니던 직장은 왜 관두고 고향을 왔느냐?' 타박하는 어른들이 비일비재했다.

프리랜서로 일을 하다 보니 대체 무슨 일을 하는지 이해를 못 하는 분들도 대다수였다. 가장 가까이에 있는 친척부터 '시집이나 얼른 가라', '더 늦기 전에 공무원 시험을 보라'는 등 어른들의 말에 수없이 쏘였다. 고향을 떠나고 싶을 때가 한두 번이 아니었다. 그래도 함께하는 일이 재밌고 좋아서 꿋꿋하게 버텼다. 따가운 시간이 가면 따스한 시간이 온다.

강원창조경제혁신센터의 지원사업에 선정되며 한종호 센터장님, 이선철 멘토님, 이경모 멘토님을 만나게 되었다. 인생의 귀인을 만났다.

"지원해 줘서 고마워요."

한종호 센터장님을 처음 만난 날, 내게 건넨 한마디를 지금도 잊을 수 없다. 기관장에 대한 고정관념을 깨준 첫 어른이기도 하다. 보잘것없던 시절부터 잘될 거라고 격려해 준 이선철 멘토님 덕분에 더 나은 사람이 되어야겠다고 다짐하기도 했다. 아버지와 부딪힐 때마다 중재자 역할을 해주신 이경모 멘토님 덕분에 어려운 시기를 이겨낼 힘을 얻었다.

사실 대부분의 지원사업이 실적을 중시하기에 빨리 성과를 내야 하는 압박이 크다. 호흡도 짧다. 하지만 그때 그 지원사업은 달랐다. 결과보다 과정을 봐주는 마음이 우선되었다. 덕분에 차근차근 단계적으로 나아갈 수 있었다. 가족이 아닌 사람들이 '어떤 과정을 지켜봐 준다'라는 건 엄청난 인내가 필요한 일이다. 정말 큰 행운이었다는 걸 이제는 안다. 세 어른 덕분에 '과정을 지켜봐 주는 어른', '하고자 하는 의지를 키워주는 어른'이 되고 싶다는 꿈을 품게 되었다.

따가운 시간이 가면

따스한 시간이 온다

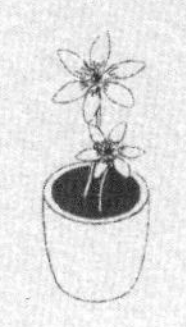

: 첫 소집 날까지
함께 걸어준 사람들

공간을 조성하기까지 산 넘어서 산이었다. 본격적인 공사를 앞두고 지원사업 포기 직전까지 가기도 했다. 그때 지원사업 담당자였던 문은주 매니저님과 통화를 하며 울기도 참 많이 울었다. 막막하던 순간에 박용민 팀장님, 전지윤 매니저님까지 세 사람이 참 많이 애를 써주었다. 함께 힘든 상황을 헤아려 주면서 해결책을 찾아봐 준 덕분에 하나하나 풀어나갈 수 있었다.

소집 공사를 하면서부터 공간 재생을 놓고 아버지와 첨예한 갈등을 빚을 때, 악녀 역할을 자처한 곽현정 코디네이터님도 귀인이다. 사업 선정의 기쁨도 잠시, 막상 공사를 하려고 보니 뭐부터 어떻게 시작해야 할지 깜깜했다.

아버지는 건축하는 지인들과 함께 소집을 찾아와 공사 견적을 내는데, 오는 분마다 '건물을 부수고 새로 짓자'라는 말씀을 도돌이표 노래처럼 하셨다. 그래야 예산을 절감할 수 있다고도 했다. 그 이야기를 듣고 나니 절망적이었다. 이 공간 창업 사업에서 가장 중요한 것이 '유휴공간을 살리는 일'인데 사업을 포기해야 하는 건가 싶었다. 그때, 곽현정 코디네이터님의 조언 덕분에 공사를 시작할 수 있었다.

"아버지를 모시고 재생한 공간들을
직접 가보면 어때요?"

곧바로 다음날 아버지와 서울 성수동의 어니언을 다녀왔다. 그다음엔 속초 칠성조선소를 갔다. 그렇게 공간들을 견학하고 난 후, 아버지의 '건물을 부수고 새로 짓자'라는 이야기는 쏙 들어갔다.

아버지와의 첫 갈등은 일단락되었지만, 공간의 의미를 살려 재생할 수 있는 사람을 만나는 게 절실했다. 그때 구세주처럼 등장한 사람이 배효선 대표이다. 그 역시 강원창조경제혁신센터에서 만난 인연이다. 배효선 대표는 옛 양조장을 수제 맥주 양조장으로 재생하고 운영한 경험, 옛집을 게스트하우스로 재생한 경험 등 공간 재생에 대한 다양한 경험을 갖고 있다. 그라면 소집 공간을 제대로 살펴봐

주지 않을까 싶었다. 그도 처음 소집을 본 날에 한숨을 쉬었다. 건물은 다 쓰러져 가고, 기본 공사가 하나도 안 돼 있었으니 막막했을 것이다.

내가 만약 건축에 대해서 조금이라도 알았더라면 아예 엄두조차 못 냈을 것이다. 지금 생각해 보면, 무식해서 무모할 수 있었다. 그도 힘들겠다는 말로 마무리를 했다면 아마 지금의 소집은 없었을 것이다.

"그런데 재밌을 것 같아."

그의 한 마디가 결정적이었다. 함께 용기를 내준 덕분에 소집 공사를 시작할 수 있었다. 공간 조성 지원금은 5,000만 원. 전기, 수도, 화장실 정화조 등등 기본 시설이 하나도 안 돼 있으니 턱없는 예산이었다. 나의 여의찮은 상황을 충분히 헤아린 곽현정 코디네이터님과 배효선 대표는 머리를 맞대고 한정된 예산 범위 내에서 할 수 있는 최대치를 함께 고민해 주었다. 지금 생각해도 두 분이 없었다면, 소집 공간을 실현할 수 없었을 것이다.

"공간이 주인을 닮았어요!"

소집에 온 분들이 많이들 이야기하는 것 중 하나이다. 배효선 대표가 나와 자연스레 나누는 이야기 속에서 내가 무엇을 좋아하는지를 짚어내며 공간 디자인을 해준 덕분이다. 옛 창문의 흔적을 그대로 살려서 곳곳에 창문을 내준 덕분에 사계절의 변화를 느낄 수 있다. 양쪽에 천창을 내어 낮은 층고를 보완해 주었다. 자연광이 들어오도록 해서 시시각각 햇살을 느끼고, 하늘을 보며 쉬어가는 공간을 만들어주었다. 그의 따뜻한 마음이 묻어나는 공간이라는 걸 해를 거듭할수록 느낀다.

그때를 돌아보면 무엇을 하나 정할 때도 함께 심사숙고해 주었다. 정문 형태, 문고리 모양, 타일 색깔, 화장실 변기 모양까지도 세심히 고민해 주었다. 특히, 바닥 타일을 고르는 과정이 기억에 많이 남는다. 어떤 바닥 타일이면 좋겠냐는 질문에, 튀지 않게 은은하게 공간과 어울림이 있으면 좋겠다고 이야기했다. 그는 한정된 예산 범위 내에서 베스트를 뽑아서 후보 몇 가지 이미지를 내게 보내 주었다. 하지만 나는 선뜻 결정을 내리지 못했다. 아무래도 직접 보는 게 좋을 거 같다면서 공간 몇 곳을 함께 갔었다. 실제로 보고 나서 한결 쉽게 결정할 수 있었다.

해를 거듭할수록 고마운 점은 사무실 쪽 공간 디자인이다. 실제 내가 소집 공간에서 가장 오래 머무는 공간은 메인 전시 공간이 아닌 사무실 공간이다. 얼마 전에 배 대표가 소집에 깜짝 방문했을 때 그 이야기를 전했다. 잠시 옛 추억에 잠기며, 사무실 공간의 벽 높이를 정했을 때로 돌아갔다.

그 당시 그가 이런 질문을 한 적이 있다. 사람들이 문을 열고 들어오는 모습을 앉아 있는 높이에서 수시로 보고 싶은지, 아니면 사람들이 올 때마다 조금은 불편하더라도 일어서서 보고 싶은지를 물었다. 그때 나는 계속 정문을 바라보는 게 더 불편할 거 같다며 후자 쪽을 선택했다. 사무실 공간 벽 높이는 그렇게 결정되었다. 만약, 전자 쪽으로 공간을 설계했다면 사무실 쪽을 다시 고치지 않았을까 싶다. 5년이 흘러도 늘 누군가가 올지 몰라서 잔뜩 긴장하는 내 성격을 제대로 반영하고 있는 공간인 거다.

그때 당시 배효선 대표 또한 소집 공사를 진행하면서 좋은 분들과 함께한 덕분이라고 했다. 현장 소장님, 전기 사장님, 그리고 특히, 내가 제일 심혈을 기울여달라고 부탁한 '가운데 일곱 개의 기둥'은 좋은 목수 팀을 만난 덕분에 잘 살릴 수 있었다고 한다. 그때 함께 소집이 만들어지는데 힘써주신 모든 분에게 다시 한번 감사한 마음을 전한다. 이 일이 배효선 대표의 천직인 걸 잘 아는 한 사람으로서,

그가 이 일을 접었을 때 그 누구보다 아쉬움이 컸다. 그런데 요즘 그가 이 일을 다시 시작해서 그 누구보다 기쁘다. 그가 그려갈 다음 공간이 몹시 기다려진다.

하고자 하는 의지가 있다면 방법은 찾을 수 있는데 그때 결정적으로 역할을 하는 것이 결국은 사람이다. 공간을 하기로 했을 때, 할 수 있다고 용기를 준 부모님, 선생님, 언니, 오빠, 친구들, 동생들. 공간을 찾을 수 있도록 백방으로 알아봐 준 아버지, 그리고 아버지 친구분들. 공간 사용을 허락한 주인 어르신. 공간 조성을 할 때 살뜰히 살펴준 한종호 센터장님, 이선철 멘토님, 이경모 멘토님, 박용민 팀장님, 문은주 매니저님, 전지윤 매니저님, 곽현정 코디네이터님, 배효선 대표와 공사 관계자분들. 마을에 이런 공간을 해도 괜찮은지 여쭤보았을 때 흔쾌히 허락해 주고, 잘 왔다고 맞아주신 병산동 마을 어르신들. 그렇게 한 사람 한 사람 덕분에 소집은 2019년 4월 24일 첫 문을 열 수 있었다.

해를 거듭할수록
단단해지는 다정한 마음들

"

(소는) 누구나 키울 수 있다고는 생각하지만

아무나 키울 수는 없어요.

이끌어가고자 하는 그 사람의 의지와

지역 사회에서의 관심.

여러 사람의 따스한 한마디 한마디.

여러 가지가 합쳐져서

같이 키워나갈 수 있는 것 같아요.

"

- 이진주 든든지기

외할머니는 가게 일이 바쁜 어머니를 대신해 나와 둘째 동생을 살뜰히 돌봐주셨다. 초등학교 때 주요 행사는 어머니보다 외할머니가 더 많이 오셨다. 외할머니와 목욕탕도 자주 가고, 계 모임도 많이 따라갔다.

어린 시절이라 어렴풋한 기억이지만 외할머니는 노래도 참 잘 부르고 춤도 잘 추고 술도 좋아하셨다. 한 마디로 흥이 많은 분이셨다. 술을 알 나이가 되었을 때 외할머니와 술 한 잔 못 한 것이 가장 아쉬웠다. 외할머니와는 하고 싶은 게 참 많았는데. 곁에 오래오래 있어 주실 줄 알았던 외할머니가 제일 먼저 돌아가실 줄이야. 외할머니가 바라던 고등학교에 합격한 것이 유일한 효도였다. 교복 맞추라고 서랍에 넣어 놓으신 돈이 외할머니의 마지막 선물이었다.

문득문득 어머니께 이야기하곤 한다. 외할머니가 살아계셨다면 좋은 술친구가 되었을 거라고. 어머니가 외할머니를 닮았으면 참 좋았을 텐데. 술 냄새만 맡아도 취하는 어머니와는 영영 술친구가 될 수 없는 게 속상할 뿐이다. 한 번쯤 꿈에서라도 술 한잔하고 싶은데 내 마음을 몰라 주는 거 같아서 좀 서운하다. 외할머니는 둘째 동생이 결혼할 무렵에서야 꿈에 나와서 환하게 웃으셨다.

사이사이 밀려오는 외할머니에 대한 그리움과 헛헛함을 채울 길이 없었다. 그러다 소집을 하면서 만나게 된 병산동 마을 어르신들이 그 마음을 달래주신다. 만약 소집을 여는데 마을 어르신들이 반기지 않았다면 용기의 불씨가 순식간에 꺼졌을 것이다. 마을회관에서 처음 어르신들을 뵈었을 때, 환하게 맞아주던 표정이 지금도 선명하다. 그다음 찾아갔을 땐, 어르신들이 낮술을 하고 있으셨다.

그때 김옥자 어르신이 내게 술을 건네셔서 말끔히 한잔을 비워냈다. 그날 이후 어르신들은 낮술 자리에 종종 나를 끼워 주곤 하신다. 흥이 많은 어르신은 정말 우리 외할머니를 많이 닮으셨다. '외할머니와 술을 마시면 이런 마음이겠구나' 싶다.

"밥은 잘 먹고 다녀?"
"요새 통 안 보이던데 무슨 일 있어?"
"아버지는 잘 있고?"

출근길마다 김영자 어르신 집을 지날 때마다 안부를 물어봐 주신다. 그리고 잠시 기다려 보라며 집 안으로 들어가 애호박, 캐러멜, 사탕, 두유를 봉지에 담아 내게 건네주시곤 한다.

처음 소집을 열었을 때 함께 기뻐해 주고, 더 이상 집에서 안 쓴다며 소 코뚜레와 털 긁개를 건네주시던 마을 어르신들의 마음도 여전히 선명하다. 동네 풍경 사진들을 보면서 누구네 집이라며 환하게 웃으시던 표정도 선명하다. 허기진 마음을 달래주던 떡만둣국, 아삭한 오이소박이, 수확한 검정콩을 나눠주시던 마음도 그렇다. 전시가 바뀔 때마다 첫날 관람객이 되어 머물러주는 앞집 어르신의 마음도 그렇다.

그런 다정한 날들을 마음에 잘 비축해 둔 덕분에 무례한 손님들이 찾아와도 거뜬히 이겨내곤 했다. 무례한 손님들에게 마음 상한 날도 많았지만, 그날에만 몹시 화가 나고 오래가진 않았다. 그런 날들은 마음에서 쉬이 옅어지는데 다정한 날들은 꽤 오래 마음에 머물면서 점점 진해진다.

우리처럼 나이 많은 사람들이 소집에 머물면 젊은 사람들이 안 들어오는 거 아니냐며 걱정이 큰 어르신들이다. 나는 어르신들이 더 많이 찾아주지 않는 섭섭함이 클 뿐이다. 그러니 더 자주 놀러 와 주셨으면 좋겠다.

얼마 전 찾은 마을회관에서도 말 선물을 가득 받았다. 어르신들에게 소집이 문을 연 지 5년이 다 되어 간다고 말씀드리니 벌써 그렇게 시간이 흘렀냐며 놀라워하셨다. 좋아하는 일을 하고 있지만 여전히 돈벌이가 되지 않아 마음이 무겁다는 고민을 김옥자 어르신께 털어놓았다.

"돈, 돈 하지 마. 돈은 내가 잡으러 가려고 안 해도 자연히 따라 와."

힘을 얻는 낮술 시간이었다. 해를 거듭할수록 다정한 마음은 단단해진다. 곁을 지켜주셔서 감사하다. 덕분에 오늘도 소집은 안녕하다.

: 그림 읽어주는 소집지기를 시작하다

2019년 첫해를 정신없이 보낸 후, 2020년 1월에 숨 고르기의 시간을 가졌다. 그리고 2월 14일 새로운 전시로 문을 열 준비를 했다. 선미화 작가의 <사소하지만 사소하지 않은 것> 그림 전시회를 준비하고 있었다. 선미화 작가의 그림 에세이 《나의 서툰 위로가 너에게 닿기를》 책이 출간되는 시기와 맞물려 더욱 기대되었다.

2020년 소집의 첫 전시회이기도 해서 다시 출발선에 선 기분이었다. 소집 2년 차가 되며, 소집을 찾는 사람들과 함께 행복하고 성장할 수 있는 일을 해보고 싶은 마음도 컸다. 재충전하고 돌아와서 의욕도 충만했다. 선미화 작가와 전시를 준비하며 함께 재미난 프로그램들도 계획했다. 특히, 오프닝 북콘서트를 열심히 준비했다. 2019년 11월에 소집에서 근사한 공연을 열어준 연희별곡 팀과

베짱이 농부의 미식 테이블이 함께하는 북콘서트이기에 그날만을 손꼽아 기다리기도 했다. 그런데 전시회가 코앞으로 다가오면서 예상치 못한 일이 벌어지고 말았다.

코로나19. 12번 확진자가 강릉에 다녀간 소식이 전해지면서 불안감이 엄습했다. 강릉에서 어디를 갔었는지 동선이 빨리 나오지 않아서 시민들의 불안감이 더욱 커졌다. 2월 첫 주와 둘째 주. 이 시기만 무탈하면 다시 평온한 일상이 될 거라고 생각했다. 하지만 상황은 좀처럼 나아지지 않았다. 결국 눈물을 머금고 오프닝 북콘서트를 취소해야 했다. 전시회는 예정대로 시작했다. 전시 디스플레이를 하는데 한 작품 한 작품이 걸릴 때마다 울컥했다. 열심히 준비한 작가의 마음이 고스란히 느껴져서다. 즐거운 마음으로 시작해야 하는데, 무거운 마음으로 시작해야 하는 상황인 것이 너무나 속상했다.

오프닝 북콘서트를 하려고 했던 날. 행사는 열리지 않지만, 선미화 작가는 조용히 자리를 지키면서 사이사이 찾아와 주는 관람객들을 함께 맞이했다. 그는 관람객들에게 작품 이야기를 전해주었다. 한 작품 한 작품 숨어있는 이야기를 듣고 나니 그림이 다시 보였다. 이 이야기를 더 많은 사람이 들었더라면 정말 좋았을 텐데. 아쉬운 마음이 컸다. 작가가 자주 올 수 없는 상황이기에 관람객에게 작품 이야기를 잘 전하기 위해 나는 더 귀를 쫑긋하고 들었다.

이후 며칠 동안 전시회를 찾아오는 분들에게 작품 이야기를 전했다. 그들은 이야기를 듣고 나서 그림을 더 세세하게 바라봐 주었다.

상황이 조금씩 나아지는 듯했고 마음도 서서히 안정되었다. 그런데 불과 며칠 사이. 기하급수적으로 확진자가 늘어났다. '혹시 악몽을 꾸는 건가'. 갈수록 상황은 악화되었다. 나의 예정된 강의와 취재도 줄줄이 취소되고, 소집에서 자체적으로 진행하려던 클래스마저 취소했다. 일이 뚝 끊겨버렸다. 당장 나아질 기미가 보이지 않는 상황에서 막막함은 자꾸만 불안감을 키웠다. 모두가 힘든 상황인데도 해결은 각자의 몫이기에 앞으로가 깜깜했다. 이번 달은 어찌어찌 버틴다고 해도 다음 달, 그다음 달이 걱정이었다. 여지없이 공과금 고지서들은 날아올 테고, 월세는 내야 하니까. 어떻게 하루하루를 버텨나가야 할지 고민이 깊었다.

고민만 하고 있을 순 없었다. 뭐라도 해봐야겠다는 생각이 들었다. 그 무렵 란 님이 유튜브를 권하기도 했다. 선미화 작가가 다시 소집을 찾은 날, 전시 이야기를 온라인으로 전하면 좋겠다는 뜻이 모아지며 곧바로 실행했다. 우리는 음성 녹음기를 켜고 전시 이야기를 나누었다. 하지만 시작한 지 5분도 안 돼서 한 관람객이 찾아왔다. 관람객이 가고 나면 다시 해야지 했는데 또 다른 관람객이 사이사이 오면서 결국 그날 함께 이야기를 이어가지 못했다.

그가 돌아가고 난 후 함께 이야기를 이어가지 못한 것이 영 아쉬웠다. 서툴지만 혼자라도 전시 이야기를 전해보자는 마음이 일었다. 바로 녹음 버튼을 누르고 지금의 심정, 전시 이야기, 하고 싶은 이야기를 있는 그대로 녹음했다. 그리고 작품 사진과 배경 음악을 넣어 영상을 만들었다. <그림 읽어주는 소집지기>는 그렇게 만들어졌다. 1편을 올렸다. '소집 여행' 유튜브 채널은 그렇게 시작되었다. 임산부인 둘째 동생이 1편을 들으면서 따뜻한 그림 이야기 덕분에 편히 잠들 수 있었다는 소감을 전했다. 그 말에 힘이 났다. 더 분발해서 해야겠다는 생각이 들었다.

코로나19 확진자가 전국적으로 늘어나며 당분간 임시 휴관을 했다. 지나가며 나누던 인사, 마주 보고 앉아 나누던 대화, 함께 마시는 술 한 잔, 계절을 느끼는 바람, 사소한 일상이 몹시도 그리웠다. 무탈한 일상이 선물이었음을 그때 여실히 깨달았다. 온라인으로라도 전시 이야기를 열심히 전해야겠다는 마음이 더 절실해졌다. 그렇게 2편, 3편, 4편이 만들어졌다. 이제는 전시마다 작가와 작품 이야기를 영상으로 제작해 공유하고 있다.

어쩌다 유튜브를 시작했지만, 그때 그 시작은 무기력을, 막막함을, 불안함을 이겨내며 상황을 견디는 힘이 되었다. 그리고 지금은 애틋한 날의 추억을 데려오는 재생 버튼이 되었다.

: 첫 소집 아트페어

안녕하세요. 딸 소집지기입니다.
내년이면 소집 5주년을 앞두고 있습니다. 그동안 열고 싶었지만, 용기를 못 냈던 아트페어를 올겨울 열어보려 합니다. 계획을 세워 기획하고 고민을 거듭했던 봄이 지나고, 초대하고 싶은 작가님들에게 연락을 드렸을 때 많이 반가워하고 흔쾌히 작가님들이 초대에 응해준 여름이 지나갔습니다. 그리고 소집을 애정하는 분들에게 소식을 전하는 가을이 되었습니다.

첫술에 배부를 수 없지만 시작이 반이라는 말처럼, 작게라도 시작해 보려 해요. 갤러리를 운영하는 사람이지만 그동안 작품 판매에 소극적이었던 게 사실입니다. 작가님들이 다음을 이어가는 데에는 작품이 잘 판매가 되고 좋은 컬렉터를 만나는 것도 매우 중요하다는 걸 느끼며 좀 더 적극적일 필요가 있다는 생각이 이제야 비로소 들었습니다. 좀 많이 늦은 감이 있지만 늘 그랬든 저의 속도로 뚜벅뚜벅 나아가 보려 합니다.

저는 생일 때마다 여행을 떠나곤 했습니다. 코로나19로 그러지 못하는 상황이 되었을 땐 그림이 위로되더라고요.

힘들 때마다 곁에 두고 보는 그림이 힘이 될 때가 많습니다. 그래서 생일 무렵이 되면 저를 위한 그림 선물을 삽니다. 소집에서도 누군가 첫 컬렉터가 되었을 때 작가가 첫 컬렉터를 만났을 때 정말 기쁘더라고요. 그러한 경험을 함께 나누는 아트페어를 열고 싶기도 합니다. 제1회 소집 아트페어는 그러한 결심에서 비롯된 것이기도 합니다. 그동안 전시를 열어주신 작가님들이 한 분 한 분 소중한데 다 모시지 못한 점 죄송합니다. 여의찮은 상황이라 그렇지 못한 점 부디 너그러이 이해해 주시길 바랍니다.

제1회 소집 아트페어는 1부와 2부로 나누어 진행됩니다. 연말 크리스마스를 함께 보내는 '1부 다시 만나는 작가들'에서는 소집에서 전시를 열어주셨던 10명의 작가를 초대하여 다시 만나는 자리를 준비하였습니다. '2부 새로 만나는 작가들'에서는 언젠가 소집에서 관람객들을 만날 날을 꿈꾸는 작가들과 새롭게 만나는 자리를 준비하였습니다.

제1회 소집 아트페어는 혼자서 준비하는 데에 한계가 있습니다. 이런 부탁을 잘 드리지 못하는 성격이지만 이번만큼은 용기를 내어 부탁을 드리고 싶습니다. 어떤 도움이든 좋습니다. 아트페어가 잘 진행될 수 있도록 도와주실 분들을 기다립니다. 아트페어가 풍성하게 열릴 수 있도록 협찬과 후원도 대환영합니다. 사이사이 소식 전하겠습니다. 많은 관심과 응원 부탁드립니다. 감사합니다.

- 2023.10.18. 소집 SNS에 업로드한 <소집 아트페어를 준비하며> 전문.

어쩌면 처음이자 마지막일지 모를 아트페어였다. 소집을 시작할 때만 해도 5년이란 시간은 꽤 멀게만 느껴졌는데, 어느새 코앞으로 다가왔다. 더 이상 소집과 함께할 수 없게 되었을 때 가장 아쉬운 게 뭘까 생각했다. 못 해본 것에 대한 후회가 클 것 같았다. 마음에만 품고 용기 내지 못했던 것 중 하나가 아트페어였다. 몇 년 더 소집을 이어가는 상황이 되었을 때도 더는 지체하면 안 되겠다는 생각이 들었다. 그렇게 머릿속으로만 맴도는 걸 막상 끄집어냈을 때, 첫걸음을 떼기가 또 두려웠다. 그래서 처음으로 그런 글을 올렸던 것 같다.

가끔은 출처 불명의 용기가 생기곤 하는데, 그런 날이었다. 생일의 힘을 빌리기도 했던 10월 18일. 아트페어를 60일 남겨두고 올렸던 글에 기쁜 마음으로 기꺼이 마음을 내준 사람들이 있었다. 오랜 시간을 나와 소집을 지켜봐 주고 지켜준 사람들, 어쩌다 우연히 만났을 때 짧게 인사 나누는 게 전부였던 사람들, 얼굴 한번 본 적 없는 사람들이 마음을 건넸다. 손을 내밀었을 때 흔쾌히 손을 잡아주었다.

'이렇게도 열린다고?'

열렸다. 그렇게 마법 같은 시간이 펼쳐지는 나날이었다. 함께하는 사람들이 늘어갈수록 든든하면서도 또 한편으론 책임감이 무거워

지기도 했다. 같이 즐거우려고 시작한 마음인데, 잘해야만 한다는 중압감이 그러한 마음을 뒤덮기도 했다. 불안을 잠재워 주는 말들에 웃었고, 뜻밖의 선물에 울었다.

다시 만난 10명의 작가와 새로 만난 8명의 작가가 풀어놓은 작품들을 마주하는 시간은 누군가에겐 잊고 있던 걸 다시 떠올리게 하는 등이 되었고, 또 누군가에겐 앞으로 나아갈 힘이 되었다. 그리고 나에겐 '그럼에도 불구하고'의 힘을 믿게 해주는 사람들을 만난 시간이었다.

앞으로 허락된 시간 동안 소집에서의 모험은 계속될 것이다.
그럴 때마다 함께 쌓은 이 시간이 꽤 나에겐 버팀목이 될 것이다.

매서운 날씨를 뚫고 와 전해준 다정한 마음들은 지금도 다 소화하지 못한 감동이다. 영양분이 되는 마음들을 찬찬히 소화하며 앞으로의 시간을 잘 보낼 것이다. 올 연말에도 함께 모여 웃을 수 있는 따뜻한 시간을 기약해 본다.

첫 아트페어를 함께한 작가들

1부 다시 만나는 작가들

고은조, 김동광, 백지현, 선미화, 윤석화,

윤의진, 이혜윤, 진주 일러스트, 최예임, 최윤정

2부 새로 만나는 작가들

김가영, 김미아, 김준기, 심나현,

심대섭, 심혜진, 임현주, 전종선

첫 아트페어를 함께 준비한 사람들

병산동 마을 어르신들 논가집 사장님

이윤승 님	한종철 님	초코와 루시
유예솔 님	차수정 님	민혜인 님
김효정 님	박연희 님	김혜정 님
백지현 님	장정미 님	김소연 님
김나연 님	임초롱 님	김성호 님
윤 한 님	파 랑 달	이선철 님
김성광 님	최윤정 님	고광록 님
최호순 님	손만석 님	나호수 님
전찬수 님	이서영 님	김석기 님

앞으로 허락된 시간 동안

소집에서의 모험은 계속될 것이다.

그럴 때마다 함께 쌓은 이 시간이

꽤 나에겐 버팀목이 될 것이다.

윤석화 작가의 <영원에 닿은 파편> 전시회 방명록 공간

*사진 제공 : 이형은

이야기를
풀어내는
갤러리,
소집

: 여행 작가가 왜 갤러리를 하는 걸까?

아버지와 어떻게 일을 하는지에 대한 질문 다음으로 많이 받은 질문이다. 처음에 공간을 준비한다고 했을 때 책방을 예상한 사람들이 많았다. 글을 쓰는 일을 하고 책을 좋아하고 책을 만드는 일도 하니 당연히 책방일 것이라고. 문을 연 날 갤러리라는 걸 알았을 때 사람들은 놀랐다. 관련된 일을 했던 것도 아니기에 많이 의아해했다.

우선 책방을 하지 않은 이유부터 풀어야겠다. 나는 책방을 좋아하는 사람이다. 한때 책방 투어에 푹 빠졌던 때도 있다. 첫 책 <뷰레이크타임>을 독립출판으로 만들게 된 것도 책방 여행을 한 경험 덕분이다. 자신이 직접 기획하고, 원고를 쓰고, 디자인하고, 유통까지 전 과정을 모두 소화하는 것이 대단하고 멋졌다. 첫 책을 직접 만들고 나서 책방에 책을 입고하면서 또다시 책방 투어를 다녔다.

전보다 책방 주인들과 좀 더 가까워질 수 있었다. 자연스레 책방 주인들의 고충을 듣게 되었다. 책을 읽기만 하고 구매하지 않는 사람들이 부지기수라고 했다. 책 내용을 몰래 찍어가는 무례한 손님들도 많았다. 책을 만드는 과정이 힘들다는 것을 아는 나로서는 샘플 책도 소중하다.

'내가 만약 책방을 한다면?' 하는 상상을 해보았다. 책을 함부로 대하는 사람을 보면 화가 치밀어서 매일매일 표정이 일그러지는 내가 예상되었다. 책을 잘 판매할 자신도 없었다. 매일매일 입고되는 책을 정리하는 일, 달마다 혹은 분기마다 정산하는 것도 보통 일이 아니었다. 책방 운영만으로는 매달 임대료, 공과금을 감당하긴 어렵다는 고민까지. 책방의 속사정을 들을 때마다 더욱 자신이 없어졌다. 그렇게 책방은 공간 후보에서 일찌감치 제외되었다.

다음으로 사람들이 예상하는 공간은 카페였다. 아버지 역시 카페를 하고 싶어 하셨다. 음식점이 밀집된 주변 환경에서 위치상 딱 맞았다. 하지만 나는 카페를 생각해 본 적이 없었다. 평소에 커피를 즐겨 마시는 것도 아니고, 카페를 자주 가지도 않았다.

책방은 너무 알아서 할 자신이 없었다면,
카페는 너무 몰라서 할 자신이 없었다.

'그렇다면 왜 갤러리였을까?'

큐레이터 경험이 있는 것도 아니고, 갤러리 운영에 대해서도 잘 모르고 있었다. 하지만 보러 다니는 것을 좋아했다. 여행을 갈 때마다 그곳의 박물관을 찾고, 갤러리를 찾곤 했다. 한 작품 한 작품 마주하면서 생각을 깨워주기도 하고, 때때로 위안을 얻기도 했다.

전시회를 직접적으로 해본 건 세 번의 경험이 전부다. 첫 전시회는 용인에 살 때 여행작가 아카데미에서 한 공동 사진전이었다. 사진과 여행 에세이가 어우러진 사진전이었다. 여행 사진 중 가장 좋아하는 사진 한 장을 골랐다. 여러 작품 사이에 딱 한 점이 걸려 있었지만 처음이어서 그런지 마음을 꽉 채워주는 경험이었다. 이후 고향으로 돌아와 아버지와 함께 전시회를 했다. 2017년 11월. 초대전으로 매월당 김시습 기념관에서 아버지의 석호 사진과 함께 내 글과 영상을 담은 전시회를 열게 되었다. 그리고 1년 후, 2018년 12월에 강릉시립미술관의 송년특별기획전에 초대받았다. 뷰레이크타임 책을 기반으로 고향 여행의 시간을 담은 전시회를 열었다. 그 전시는 3년 동안의 고향 여행 이야기를 풀어낸 전시이기도 했다. 세 번의 전시 경험은 소중한 추억이 되었다. 그리고 갤러리 공간을 꿈꾸는데 큰 용기가 되었다.

전시회를 관람할 때마다 아쉬운 점은 작가의 작품만 마주하고 돌아가야 하는 점이었다. 작품에 대해서 작가와 이야기를 나누고 싶은데 그럴 기회가 마땅치 않았다. 공간을 준비하면서 작가와 관람객이 자주 만날 수 있으면 좋겠다는 생각이 들었다. 전시 때마다 작가 만나는 날을 갖고, 작가와 소통할 수 있는 프로그램을 꾸준히 열었던 이유다. 책을 판매할 자신은 없지만, 책에 기반한 전시회와 이야기를 나눌 수 있는 공간은 괜찮지 않을까. 그렇게 이야기를 쌓아가는 공간을 꿈꾸며 갤러리를 열게 되었다.

"이게 다야?"

"조금만 더 크면 좋았을 텐데."

소집은 문을 열고 들어오면 한눈에 들어오는 작은 갤러리다. 큰 전시회장만 경험한 사람들에겐 너무나 작은 규모에 실망감을 주기도 한다. 하지만 어떤 사람들에겐 낯설지만 재밌는 갤러리이기도 하다. 소집이란 이름에서부터 호기심을 갖고 찾아와 주기도 했다. 그런 사람들을 만나는 기쁨이 크다. 공간을 하지 않았다면 영영 못 만났을 사람들이라고 생각하면 이 공간이 더없이 소중하다.

전시를 준비하는 작가들의 모습을 앞서 만나는 건 이 일의 가장 큰 기쁨이다. 어떻게 전시를 준비해 왔는지, 작품에 대한 애정을 깊이 느낄 수 있다. 그래서인지 전시회를 철수하는 날엔 늘 마음이 헛헛하다. 채우고 비우고를 반복하는 공간이지만, 여전히 철수 날은 정든 사람을 떠나보내듯, 정든 작품들을 떠나보내야 해서 며칠간은 남몰래 후유증을 앓기도 한다. 그러다가 다시 새로운 작품이 걸리면 헛헛한 마음이 채워진다. 전시회를 철수하고 다음 전시회를 앞두고 보통 일주일 정도 휴관을 한다. 이 사이클이 나는 좋다. 익숙해지면 권태로움이 오는 나에게 소집은 권태로울 틈을 주지 않는다.

글을 쓰는 일과 소집을 지키는 일. 두 가지 일을 병행하는 일이 쉽진 않지만 소집지기를 하면서 여행자를 맞이하는 것 또한 기쁨이다. 정말 다양한 경험을 하는 하루하루다. 새로운 사람을 만나는 이곳 소집에서 나는 매일 사람 여행을 하고 있다. 소집으로의 출근길은 또 다른 여행길이다.

: 공간을 하지 않았더라면 품지 못했을 전시들

고종환 작가《첫인사, 병산동 마을 풍경 그리고 사람》

김소영 작가《默(묵)》

고은정 작가《여행의 선물 with 베프루프》

이경모 작가《사는 게 참 꽃 같네》

안해룡, 고종환, 이경모 작가《세 번째 스물, 세 개의 시선》

최소연 작가《따뜻하거나 차갑거나》

김영남, 윤태희 작가《그때, 길에서 배운 균형잡기》

윤의진, 김동길 작가《긴-밤》

선미화 작가《사소하지만 사소하지 않은 것》

백지현 작가《풀잎을 들어보면》

진주 일러스트《취미는 그림》

최윤정 작가《관동산수》

마혜련 작가《관계 속 사이의 온도》

스토리인 강릉《아카이브 강릉 : 박물관 이야기》

무엇이든《지누아리를 찾아서》

소집 × 바이라다《나는 강릉에 삽니다, 나는 강릉을 삽니다》

고종환 작가《우(牛) 2021》

장지수 작가 《바다를 바라보며 생각한 것들》

식물원 원지유, 나소희 작가 《오늘을 담습니다》

최혜선 작가 《꽃놀이》

이경모 작가 《사랑, 사람》

정민진 작가 《그날의 기억》

김효성 작가 《The Waves》

이정임, 허미회 작가 《집, 바라보다》

김성광 작가 《Empathy》

더삶디자인 《사계 : 당신의 계절은?》

예술가의 놀이터 《놀아보소, 놀러오소!》

무엇이든 《지누아리를 만나다》

고은정 작가 《유캣(YouCat)발랄》

남인희 작가 《연을 잇다》

나소희, 박정윤, 임다혜 작가 《내 안의 방》

함현정 작가 《4월을 걷다 Walk in April》

안상현, 권현희 깨북 책방지기 《가족 모듬전》

김진희 작가 《소박한 사람들에게 말을 거는 그림》

김남희 작가 《스며든·녹아든·감아든》

박경희 작가 《너와 내가 마주친, 그곳》

고영근 작가 《못 잊어 생각이 나겠지요》

고종환 작가 《머무는 풍경》

장정미 작가 《달을 좇는 아이》

최정라 작가《비밀의 정원》

백지현 작가《Maybe we're 어쩌면, 우린》

고종환 작가《풍경에게》

원지유 작가《그렇지만 우울과 미련을 등지지 않고》

주재환 작가《바람과 물빛》

이혜윤 작가《쓸모의 균형》

최예임 작가《꽃, 집》

최소유 작가《첫 장을 펼치며》

안시현 작가《Glory in Alphabet》

윤석화 작가《영원에 닿은 파편 : A place where forgotten things come》

이혜진 작가《유영》

이동근 작가 개인전

숲앤드《산불 너머 꿈!》

최정라 작가《비밀의 정원, 다시 만나다!》

고종환 작가《풍경의 마음》

고은조, 김동광, 백지현, 선미화, 윤석화,

윤의진, 진주 일러스트, 이혜윤, 최예임, 최윤정 작가

《제1회 소집 아트페어 : 1부 다시 만나는 작가들》

김가영, 김미아, 김준기, 심나현,

심대섭, 심혜진, 임현주, 전종선 작가

《제1회 소집 아트페어 : 2부 새로 만나는 작가들》

공간을 5년 동안 해도 여전히 적응이 되지 않는 것이 있다. 그건 전시 마지막 날이다. 이제 작품과 좀 가까워졌다고 느낄 때쯤 늘 떠나보낸다. 어색한 한 주가 흐르고, 알아가는 한 주가 흐르고, 조금씩 공간에 스며드는 한 주가 흐르고, 이제 좀 익숙해지고 편안해졌다고 느낄 때쯤 마지막 주가 된다.

전시를 떠나보내던 날. 소집을 찾은 한 지인이 그랬다. 매번 그렇게 전시를 품었다 떠나보내느냐고. 몇 번을 제외하곤 대부분은 그랬다고 하자 꽤 힘들었겠다고 한다. 그냥 보내면 되는 건데. 그냥이 잘되지 않는다고. 그래서 늘 전시를 철수하고 새 전시를 앞둔 사이의 기간은 내게 몹시 중요하다. 잘 떠나보내고 비워내야 새로운 것을 잘 맞이하고 품을 수 있다. 그런데 해를 거듭할수록 그 기간이 짧아지면서 솔직히 잘 비워내지 못한 채로 새 전시를 맞아야 했다. 사람들은 소집에서 전시가 계속 열리는 것을 보면서 '잘하고 있다'라고 이야기해 주지만 나는 그 이야기를 들을 때마다 몹시 부끄럽다. 마음을 다하지 못했거나, 마음을 다하지 않은 때도 있었다. 그런 마음을 너그럽게 안아준 건 작품들이었다. 공간을 하지 않았더라면 품지 못했을 전시들이다.

예술을 늘 곁에 두는 삶을 살고 있는 것에 감사하다. 예술가의 길을 걷고자 하는 사람에게 사람들은 '돈도 안 되는 거'라고들 한다. 또 예술을 경험하는 것은 '돈이 있어야 하는 거'라고도 한다. 좀처럼 예술과의 거리를 좁힐 수 없게 하는 말들이다. 예술을 하려는 사람들에게 주눅들게 하는 말 대신 따뜻한 말을 건네는 사람들이 많아지길 소망한다. 예술을 경험하는 것엔 큰 돈이 드는 것도 아니다. 미술관, 박물관은 관람료가 대부분 무료이기에 그곳을 찾아갈 시간만 있다면 충분히 경험할 수 있다. 그림이 꼭 미술관에만 걸려 있는 것도 아니다. 우리가 늘 걷는 길에도 그림들이 있다. 소집을 '카페'로 알고 들어온 사람들이 잠시 그림 앞에 멈춰서 그림을 바라보는 뒷모습을 볼 때가 좋았다. 앞으로도 그러한 모습을 많이 보고 싶다.

그동안 열린 전시를 다시 써 보았다. 때때로 나에게 질문을 던지는 전시가 있었고, 용기 내 첫걸음을 뗀 전시가 있었고, 경계를 허물어 준 전시가 있었다. 소집을 지키면서 늘 바짝 긴장하는 나에게 작품들이 위로와 응원을 건넬 때가 많았다. 사람들이 아무도 오지 않는 날엔 외롭지 않게 해주었다. 지금의 불안이 짙다고 지지말라고. 지금의 괴로움이 선명하여도 겁먹지 말라고. 이 또한 어렴풋해질 날이 올 거라고 다독여주었다. 전시를 쉬이 떠나보내지 못하는 이유다. 아무래도 난 앞으로도 전시 마지막 날이 영영 적응이 되지 않을 것 같다.

: 품은 이야기를 풀어내는 사람들,
풀어낸 이야기를 다시 품는 사람들

추석 연휴가 끝나자마자, 안양과 서울에서 출장 일정이 있었다. 일을 마치고 바로 강릉으로 돌아가기 아쉬워서 둘째 동생네 집에서 하루 더 머물기로 했다. 사랑스러운 조카를 보고 싶은 마음이 크기도 했다. 추석 연휴에 봤으면서도 또 눈에 아른거린다. 첫 조카라서 그런가 보다. 조카를 만날 때마다 새로운 경험을 한다. 볼 때마다 쑥쑥 크는 게 신기하다. '언제쯤 이모라고 할까?' 오매불망 기다리기도 했다. 조카를 보러 간 날, 잠들기 직전에 불쑥 '이모'라고 해주던 밤을 잊을 수 없다. 그렇게 '처음'으로 기억되는 순간들을 선물해주는 조카여서 더없이 소중하기만 하다. 우리 가족 모두에게 가장 큰 보물이다.

나에게 소집의 전시들이 보물이기도 하다. 특히, 작가들의 첫 전시가 그렇다. 소집에서는 55번의 전시 중에서 21번의 전시가 작가들이 처음 용기를 낸 전시였다. 그들은 그동안 품고만 있던 이야기를 정말 용기내 소집에 풀어냈다. 나도 처음 하는 공간이고, 더군다나 아무것도 모른 채로 시작한 갤러리라서 '처음'을 함께하는 게 더욱 각별하다.

'첫 단추를 잘 끼워야 한다'라고 해서 첫 전시는 가장 긴장이 되지만, 그만큼 보람도 크다. 전시 첫날은 작가도 나도 잔뜩 얼어 있지만, 전시를 보러 온 관람객들의 다정한 말들에 서서히 녹는다. 소집으로 향하는 길을 좋아하는 작가들도 있다. 그중 한 사람이 백지현 작가다. 그는 소집에서 첫 전시를 열고, 재작년 연말연시 초대전으로 또 한 번 전시를 열었다.

"저는 여기 오면 항상 지브리 만화 공간에 오는 느낌이 들어요."

백지현 작가는 소집 초창기 때부터 전시가 바뀔 때마다 소집을 찾아주곤 했다. 그래서 소집의 사계절을 함께 느끼며 좋아해 주는 작가다. 그에게 소집은 어떤 공간인지 물어보니 '정신적인 환기를 시키러 오는 휴식 공간'이라고 했다. 집에서 작업하면서 스트레스받고 답답할 때마다 생각나는 곳이라고.

그래서 자주 찾는 장소가 되었다고 한다. 그러면서 첫 전시를 소집에서 열어야겠다는 결심에 이르게 되었다.

"제가 이제 요정들을 이렇게 찾는 작업을 하고 있었는데
여기라면 이 공간을 찾는 느낌과 들어와서 제 그림들을 보는 느낌이
잘 맞을 것 같아서 결정한 것도 있고요. 그리고 첫 전시였는데
너무 넓거나 이러면 부담돼서 공간 크기도 마음에 들었어요.
딱 마음에 드는 위치였고요. 딱 이렇게 걸 수 있는 것들을
제가 상상하게 되더라고요, 자꾸."

백지현 작가는 첫 전시를 열기까지 동료 작가들이 열렬히 응원해 준 덕분에 용기를 냈다고 한다. 덕분에 2020년 봄과 여름 사이에서 <풀잎을 들어보면> 전시를 함께할 수 있었다. 한창 코로나19로 세상은 시끄럽고 마음 어지러운 시기였다. 작품 속 요정들의 일상을 들여다보는 순간만큼은 잠시 마음이 몽글몽글해지곤 했다.

"첫 전시 전까지 '내가 전시해도 되나?' 뭔가 왠지 갤러리에서
전시하면 작품이 막 엄청나게 팔려야 할 것 같고 이런 부담이 있었어요.
뭔가 그런 부담에서 살짝은 벗어나서 소집지기님들이 되게 편하게
준비를 많이 도와주고. '그래, 할 수 있어. 나도 한번 해보자!'
정말 용기 내서 하게 된 것도 있어요."

소집은 전시가 열리는 동안 작가가 매일 상주하지 않아도 되지만, 백지현 작가는 자주 소집에 머물며 전시를 보러 온 분들과 만나는 시간을 갖곤 했다. 깜짝 선물을 나눠주는 세심함까지 더해져서인지 백지현 작가의 전시를 기억하는 분들이 많다.

작품이 팔리지 않는 것에 대한 걱정도 컸는데 기우였다. 우연히 강릉 여행을 왔다가 작품에 반해서 컬렉터가 된 분도 만나고, 작가의 작품을 오래오래 간직하고 싶은 마음으로 컬렉터가 된 지역주민도 만났다. 품고 있는 이야기를 풀어내는 작가와, 그 이야기를 다시 품는 관람객이 서로 만나는 순간을 가까이서 경험하는 것. 소집을 하지 않았더라면 영영 할 수 없었을 경험이다.

2년이 흐른 후, 재작년 겨울에 연말을 함께 보내고 새해를 함께 맞이하는 초대전으로 백지현 작가와 또 한 번 전시를 열게 되었다. 전시를 하기 1년 전부터 일찌감치 함께 전시를 열고 싶다고 러브콜을 보냈다. 백지현 작가의 그림은 포근한 이불 같다. 마음을 안아주는 그림들이 겨울과 참 잘 어울릴 것 같았다. 그래서 연말연시에 함께 전시를 열었으면 좋겠다고 제안했다. 그가 흔쾌히 응해준 덕분에 <Maybe we're, 어쩌면 우린> 전시회를 마주할 수 있었다.

소집은 전시회 예고 영상으로 새 전시 홍보를 시작한다. 전시가 열리기 2주 전쯤, 작가에게 전시 소개 글을 받아서 그 이야기를 토대로 예고 영상을 제작한다. 전시마다 작가들이 쓴 전시 소개 글을 보면서 전시에 대한 기대감이 커진다. 마음이 '쿵' 할 때도 있다. 보고 또 보게 되는 글이 있는데 백지현 작가의 전시 소개 글이 그렇다. <Maybe we're, 어쩌면 우린> 전시 예고 글을 살포시 전해본다.

노인이 그저 시간의 흐름에 몸을 맡긴 것이 아닌, '삶을 지켜낸 사람들'로 인식된 건 최근 사이의 일이다. 큰일은 아니었지만, 자꾸만 병원에 갈 일이 생겼고, 그곳에서 삶과 죽음의 경계에 놓인 분들을 보며 어떤 불안이 가슴 속에 씨앗처럼 박혔다. 그리고 삶을 지켜낸 노인들이 경이롭게 보이기 시작했다. 나도 노인이 될 수 있을까. 그 대단한 일을 내가 해낼 수 있을까. 언젠가부터 나는 내가 소망하는 삶을 그린다. 내가 갖지 못할까 봐 두려운 불안을 그린다. 지켜내지 못할까 봐 슬펐던 미래를 그린다. 상실의 감정이 없는 세계를 그린다. 그림을 그리는 시간 동안 나의 불안감은 서서히 희석되기 시작했다. 나에게 그림은 치유다. 붓을 잡는 시간은 평안이고 행복이다. 나는 오늘도 혹시 모를 일에 대비해 이부자리를 깨끗하게 정리하고 외출하는 사람이지만, 더 이상 불안에 잠식된 삶을 살지 않는다. 적어도 화폭에 내가 동경하는 삶이 담겨 있으니 괜찮다.

- <Maybe we're, 어쩌면 우린>, 백지현 작가가 전하는 이야기

백지현 작가의 초대전은 아버지께도 오래 마음에 머무는 전시이기도 하다. 아버지는 백지현 작가의 전시 내용이 공감이 많이 된다고 하셨다. 백지현 작가의 그림을 보며 이야기를 나누던 아버지와 아버지 친구분들의 뒷모습이 진한 기억으로 남아 있다.

"아버님이 맨 처음 전시할 때는 '어려운 분은 아닐까?'
이런 생각이 살짝 있었어요. 근데 제 그림을 열심히 걸어주시고,
제 작품들을 되게 열심히 설명해 주고 하시더라고요.
나이가 있으신 어른분들 오면 오히려 아버님이 계셔서
되게 편하게 얘기하고. 반가워요, 요즘은."

백지현 작가는 아버지께서 지키는 날에 더 자주 오곤 한다. 사실 대부분의 작가가 처음엔 아버지를 어려워한다. 전시를 하며 서서히 거리감이 좁혀지고, 끝날 무렵엔 한결 편안한 사이가 된다. 다 그렇지는 않다. 처음부터 끝까지 마냥 불편해하는 작가들도 있다. 그런 불편함을 아버지도 느끼실 거라고 생각하면 괜스레 속상하다. 그래서인지 아버지의 애씀을 읽어주는 백지현 작가에게 더욱 고맙다.

그동안 첫 전시의 용기를 내 이야기를 풀어내 준 작가들, 그리고 그 이야기를 품어준 사람들에게 다시 한번 깊이 감사하다.

못 잊어 생각이 나겠지요

"

자기가 맞는 일에 대해서는 따라서 배우라고.

그렇게 하면 자기 여생 사는 동안에 사람 노릇 할 수 있어.

그러니까 그저 부탁하는 게 건강관리 첫째고.

그다음에는 참 그 불행이 올려다봐야 불행이고.

내려다보면 자기 환경에 비교해 보면

행복을 느낄 수 있는 거라는 걸 염두에 둬.

"

- 그립고 많이 보고 싶은 할아버지 故 고영근 작가

2019년 12월 11일 할아버지와 낮술을 하던 날의 대화 중에서

시간이 흐를수록 흐릿해지는 추억이 있는가 하면, 선명해지는 추억이 있기도 하다. 내겐 할아버지와 마지막으로 낮술을 한 4년 전 겨울의 하루가 그렇다. 그날따라 할아버지와 나는 시간 가는 줄 모르고 이야기를 나눴다.

그날은 좀 이상한 날이기도 했다. 그렇게 오랜 시간 이야기를 나눈 것도 처음이고, 건하게 취해서 할아버지도 나도 함께 펑펑 운 날이기도 하다. 할아버지는 살아온 세월이 고달파서 우셨고, 나는 살아낼 시간이 버거워서 울었다. 그리고 그날 알았다. 나는 아버지보다 할아버지를 참 많이 닮았다는 것을.

할아버지는 6·25 참전 국가유공자다. 젊은 시절 나라를 지키다 한쪽 눈을 실명하셨다. 절망에 빠져 있을 때 그림과 글로 마음을 달래셨다고 한다. 할아버지는 예술가가 되고 싶었다고 아흔을 바라보는 나이가 되어서야 고백하셨다. 할아버지는 장손으로, 남편으로, 아버지로만 살아야 했다. 글을 쓰는 나를, 그림을 그리는 동생을 친척들 대부분은 한심하게 볼 때가 많았지만 할아버지만은 달랐다. 잘될 거라며 늘 지지해주셨다.

손자들을 먼저 챙기는 할머니에게 혹여 서운한 마음을 가질까 싶어 늘 손녀들에게 맛있는 걸 먼저 건네는 할아버지셨다. 명절날 아침엔 손녀들의 머리도 손수 땋아주곤 하셨다. 할아버지는 며느리에게도 각별한 시아버지다. 딸만 낳은 며느리에게 아들을 바라던 할머니와는 달리 할아버지는 딸이어도 괜찮다며 사이사이 며느리에게 맛있는 거 사 먹으라며 용돈을 주곤 하셨다고 한다.

네 번이나 제왕절개로 아기를 낳은 며느리였기에, 강릉에서 수술할 수 없어 서울 큰 병원에서 수술하는 며느리였기에, 할아버지께서는 며느리 걱정이 먼저였다. 막내 여동생이 태어나던 날 할아버지께 전화로 소식을 전했을 때, "엄마 괜찮니?"부터 물으셨던 할아버지의 목소리가 해를 거듭할수록 진해지고 선명해진다. 그러한 할아버지의 다정한 마음은 이제 그리움이 되어 시간이 흐를수록 짙어진다.

할아버지가 돌아가신 후, 유품을 정리할 때 아버지께 할아버지 달력을 꼭 가져와 달라고 부탁을 드렸다. 할아버지 집에 놀러 갈 때마다 늘 제일 먼저 보곤 했던 것이 할아버지의 달력이었다. 자식, 며느리, 손자, 손녀들의 생일을 표시해 두셨기에 어릴 땐 '이번 달은 누가 생일이지?' 찾아보는 재미가 있었다. 매일매일 신문을 읽고 뉴스를 보면서 중요한 일들을 빼곡히 기록하기도 하셨다. 조금 더 커서 넘겨본 달력엔 매일매일 숫자가 적혀 있었다. 당뇨합병증으로 오랜 시간 아프셨던 할머니의 혈당을 매일 기록한 것이었다. 할머니에 대한 사랑이 읽혔다. 할아버지는 장손이셨지만, 물려받은 재산을 동생들에게 모두 나눠줄 정도로 돈 욕심이 없으셨다. 그런 할아버지 때문에 할머니는 마음고생이 크셨다. 할아버지는 평생 고생만 시킨 아내에 대한 미안함이 컸지만, 무뚝뚝한 성격에 표현하지 못하고 사셨다.

그러다 할아버지는 할머니가 아프고 나서야 지극정성 간호하며 할머니를 지켜주셨다. 할아버지께선 할머니가 돌아가신 날에도, 49재 때도 하염없이 눈물을 흘렸다.

할아버지의 희로애락이 담겨 있는 달력은 할아버지의 일기장이었다. 할아버지의 달력은 2021년 9월에 멈추어 다음 달을 넘길 수 없게 되었다. 더 이상 쓰는 사람이 없는 달력이 되었고, 넘길 수 없는 달력이 되었지만, 도저히 이별할 자신이 없었다. 그래서 간직하기로 했다. 그러다 몇 달 후에 할아버지의 달력을 다시 펼쳐 보았다. 한 사람의 인생이 담긴 작품이었다.

할아버지 집에 가면 TV 위쪽에 목공 작품 하나가 걸려 있었는데 그것도 할아버지가 직접 만든 것이라는 걸 뒤늦게 알았다. 돌아가신 뒤에야 알게 된 사실이라 아쉬울 뿐이었다. 산 아래 초가집 한 채와 실개천이 흐르는 풍경, 물을 길어 가는 한 여인의 뒷모습이 담겨 있는 풍경은 곧 고향에 대한 그리움이자 어머니를 그리워한 할아버지의 마음이었다.

할머니가 돌아가신 뒤에 사촌 언니가 선물한 컬러링 북을 한 페이지 한 페이지 색칠하며 하루하루를 보내셨던 할아버지. 페이지마다 음영을 준 디테일에 놀라고, 어느 하나 허투루 하는 법이 없는 할아버지의 꼼꼼함을 느꼈다. 그 꼼꼼함은 8권의 신문 스크랩북에도 여실히 담겨 있었다.

할아버지가 남긴 유품들은 그 자체로 작품이었다. 젊은 날 나라를 지키느라 그릴 수 없었던 꿈을 전시회로 조금이나마 풀어내길 바라며, 1주기를 앞두고 나와 동생 고은정 작가가 함께 '할아버지의 스무 살에게 바치는 전시'를 기획했다. 故 고영근 작가님의 <못 잊어 생각이 나겠지요> 전시회는 그렇게 열게 되었다. 전시를 찾아주는 분들이 이 시간을 함께하며 잊을 수 없는 어떤 하루, 잊을 수 없는 말 한마디, 잊을 수 없는 어느 순간을 돌아보는 시간이 되길 바랐다.

나도 나지만, 동생 고은정 작가에게도 할아버지는 각별하다. 은정이는 중학교 때 할아버지께서 자신의 그림을 오랫동안 바라보던 모습을 잊을 수 없다고 한다. 그 그림을 가져도 되는지 물어보셨을 때가 정말 감동이었다고 한다. 그 덕분에 자신감을 얻고 계속 그림을 그릴 수 있었다. 그렇게 몇 년이 흐른 후, 어느 날 은정이는 할아버지가 좋아하는 새들과 자연 풍경을 그린 그림 한 점을 할아버지께 선물했다. 할아버지는 정말 잘 그렸다며 환한 미소로 한참 동안 그림을 바라보셨다고 한다. 좀 더 잘 그려서 또 그림을 선물해야지 했는데 그것이 마지막 선물이 되었다.

할아버지의 모습을 마지막으로 눈에 담고 마지막 인사를 건네야 하는 입관식 날. 은정이는 장례지도사의 말을 듣고 주저앉고 말았다.

"고인이 생전에 좋아하셨던 그림인가 봅니다.
이 그림을 함께 가져가고 싶으신지 수의에 함께 감싸 놓으셨더라고요."

그러면서 보여준 그림은 은정이가 선물한 그림이었다. 숨죽여 울던 동생은 목 놓아 엉엉 울었다. 할아버지가 마지막으로 동생에게 전하는 마음이자, 그림을 계속 그렸으면 좋겠다는 할아버지의 간곡한 유언인 것 같았다. 은정이는 슬럼프가 올 때마다 할아버지의 마음을 떠올리며 마음을 다잡는다고 한다. 할아버지의 전시를 준비하면서 할아버지의 젊은 시절의 모습을 그리고, 할아버지께 전했던 그림을 다시 복원해서 그렸다. 그리고 할아버지께 전하고 싶은 또 하나의 그림을 그렸다.

할아버지의 1주기였던 전시 첫날. '할아버지는 자신의 전시를 보고 나서 어떤 말씀을 하셨을까?' 상상을 해보다가 '할아버지가 살아계셨을 때 열었더라면 더 좋았을 텐데'하는 후회가 들기도 했다. 전시가 마무리될 때쯤 할아버지의 막내 여동생인 고모할머니가 오셨다.

"우리 오빠 원 풀었겠다. 정말 고맙다!"

전시를 보고 나서 고모할머니는 내 손을 꼭 잡아주셨다. 애써 참고 있던 눈물이 와르르 쏟아졌다.

할아버지의 전시는 이미 할아버지와 마지막으로 낮술을 하던 그날에 예견돼 있었는지도 모르겠다. 가끔 설명할 수 없는 그런 날들이 있는데, 내겐 그날이 그런 날이었던 것 같다. 그날 그렇게 취하고 무슨 정신에 휴대폰 녹음 버튼을 눌렀는지 모르겠다.

그날 이후 필담으로밖에 이야기를 나눌 수 없는 상황이 되면서 더더욱 그날이 애틋해졌다. 할아버지가 돌아가신 후엔 힘들 때마다 그날의 대화를 들으며 할아버지가 당부한 것을 되새기곤 한다. 할아버지의 전시는 내게 가장 잊을 수 없는 전시이자, 앞으로도 영영 잊지 못할 전시로 오래오래 기억될 것을 예감한다.

: 다시 쓰인 할아버지의 달력

오랜만에 여의도환승센터에서 내렸다. 여의도 공원을 걸었다. 점심 때마다 식후 커피를 마시며 걷곤 했던 길이다. 서서히 보이기 시작하는 방송국 건물. KBS를 보는 순간 가슴이 두근거렸다. 많이 보고 싶지만, 만날 수 없었던 사람을 오랜만에 만났을 때의 두근거림이었다. 오르고 내리고 하던 계단도, 수없이 드나든 현관문도 그대로였으나, 로비는 많이 달라져 있었다. 새로운 카페가 들어서 있었고, 낯선 공간들이 생겼다.

13년 만의 출근이었다. 제작진이 아닌 출연진으로의 출근이었다. 살다 보니 이런 날도 오는구나. 묘했다. 녹화 일로부터 일주일 전쯤의 일이다. 전화 한 통이 걸려 왔다. 이동 중이라 전화를 받지 못했는데, 그 사이 강다방 님의 문자 한 통이 함께 와 있었다.

KBS <황금연못>이라는 프로그램의 작가가 섭외 문의 연락이 왔다는 내용이었다. 마지막 부분에 적힌 작가의 연락처와 부재중 전화번호가 일치했다. 그렇게 해서 작가와 첫 통화를 나누었다. 사실 소집을 하고 초창기에 방송 섭외 전화가 많이 왔었다. 갑작스러운 연락들에 당혹스럽기도 했지만, 그래도 한두 번은 응했다. 제대로 사전 정보를 찾아보지 않고 온 게 바로 티가 나기도 했고 대충대충 질문하고, 대충 찍고 가는 모습에 적잖이 실망스럽기도 했다. 이런 것이 눈에 보이는 건 아무래도 예전에 일을 한 경험 때문일 거다. 몰랐으면 모를까, 알기에 더 조심스러웠다. 내가 하는 말의 무게를 알기에 더 신중해야 했다. 이후로 전시하는 작가의 이야기를 다루는 방송 외에는 고사했다. 굳이 아버지나 내가 도드라질 필요는 없었다.

이번에 연락이 닿은 작가도 그런 섭외 연락을 했더라면 거절했을 것이다. 실은 <황금연못>이라는 프로그램도 낯설었기에 더욱 경계심을 가졌다. 그런데 그 경계심이 작가의 이야기에 허물어졌다. 할아버지의 달력 이야기였다. 그는 '달력' 아이템을 주제로 검색하다 내가 쓴 할아버지의 달력 이야기를 발견한 것이다. 할아버지의 달력은 2021년 9월에 멈춰 있지만, 계속해서 누군가의 마음에 쓰이고 있음을 느끼게 해준 전화였다. 출연을 결심한 이유다. 이후로 사전 전화 인터뷰를 진행하는데 '정말 꼼꼼하게 찾아보셨구나'를 느꼈다.

예전에 내가 방송 일을 했다는 것까지 이야기하는 걸 보고 좀 놀라기도 했다. 얼마큼 이 일을 진심으로 대하는지가 느껴졌다. 한편으론 막상 출연을 결심해 놓고 하루하루 부담감이 커지기도 했다. '그래도 언제 이렇게 할아버지 이야기를 전할 수 있겠어' 하며 마음을 진정시키기도 했다.

그렇게 찾아온 녹화일 당일. 방송국에 도착했을 땐 한때 잠시 몸담은 일터였기에 낯설지 않은 곳이어서 긴장감이 조금 풀리기도 했다. 10시 40분쯤 도착해 약속 시간인 11시가 될 때까지 로비 벤치에 앉아 기다렸다. 오가는 사람들 사이에서 아침저녁으로 출퇴근하던 내 모습이 느껴지기도 했고, 지금은 새로운 카페가 들어섰지만, 사라진 옛 카페 모습이 어렴풋이 떠오르기도 했다. 방송이 끝나고 나면 출연자들과 티타임을 가졌던 순간도 떠올랐다. 11시가 되었을 무렵, 통화를 나눈 작가가 마중을 나왔다. 처음 만나는 거였지만 환하게 맞아주는 상냥함에 어색함이 금세 풀렸다. 사전 대본 리딩 장소로 향하는 길에 방송 날마다 분주히 뛰어다녔던 구름다리를 오랜만에 건넜다. 생각보다 나는 '이곳을 참 많이 그리워했구나!' 느끼는 순간이었다. 하나하나가 어제 일처럼 생생하게 떠올랐다. 정말 재밌었던 건, 사전 대본 리딩을 마치고 본관 식당에서 점심을 먹어야 하는데, 내가 잘 알 거라고 생각해서 작가가 따로 위치를 알려주진 않았다.

'어디로 가야 하는 거지?' 차마 모르겠다고 말하지 못하고 살짝 당황했지만, 몸이 기억하고 있었다. 그렇게 오랜만에 본관 식당에서 점심을 먹었다.

12시 40분. 다시 녹화 장소로 향했다. 일을 했을 땐 생방송 프로그램만 해서 녹화 방송은 낯설었다. 1시쯤 시작해 5시쯤 끝날 예정이라고 했다. 순서는 마지막 순서였지만 4시간을 내리 한 자리에 앉아 있어야 하는 게 꽤 힘들 것 같았다. 그런데 예상과는 달리 토크쇼여서 그런지 한 분 한 분의 이야기에 귀 기울여 듣다 보니 시간은 생각보다 빠르게 흘러갔다. 그리고 출연진이 되고 보니 제작진들의 모습이 보이기도 했다. 제작진들이 출연진을 바라보는 시선을 관찰하는 것 또한 색다른 경험이었다. 그러면서 '13년 전에 나도 저런 모습이었겠구나' 싶어 애틋해지면서 뭔가 모르게 뭉클해지기도 했다.

그렇게 3시간쯤 흘렀을 무렵. 내 순서가 되었다. 내 이야기가 소개되기 전 잠시 먼저 영상을 보는 시간을 가졌는데, 화면에 나온 할아버지의 젊은 모습을 보는 순간 눈물이 나올 것 같았다. '영상이 끝나고 바로 이야기를 시작해야 하는데 어쩌지'. 고개를 들어 천장 쪽을 응시하며 나오려는 눈물을 겨우 참았다. 목소리가 떨리고 손이 떨려서 한 손으로 잡아야 하는 마이크를 두 손으로 잡으며 떨리는 마음을 누르려고 애썼다.

방청석에 와 계신 어르신들을 보니 할아버지 생각이 더욱 절실해졌다. 어쩐지 할아버지가 저기 방청석에 앉아서 내 이야기를 듣고 계실 것만 같아서 할아버지 이야기를 잘 전하고 싶은 마음도 컸다.

MC분들과 패널분들이 차분히 이야기를 들어주고 할아버지의 달력을 세심히 봐주는 마음이 느껴지며 다행히 전하고 싶은 이야기를 풀어낼 수 있었다. 그렇게 장시간의 녹화가 끝났다.

"마지막 순서라 기다리느라 힘드셨죠.
귀한 이야기 나눠줘서 정말 감사해요."

녹화가 끝난 후, 기념 촬영을 하는데 눈시울이 붉어진 가애란 아나운서의 모습에 또 한 번 울컥했다. 그가 전한 따뜻한 말이 마음을 꼭 안아주었다. 덕분에 녹화를 마치고 돌아가는 길이 꽤 포근했다. 다만, 나에게 이곳까지 올 수 있게 섭외 전화를 해준 작가와 긴히 이야기를 나누지 못한 게 못내 아쉽다.

녹화일 이후로도 작가는 사이사이 연락을 주었다. 본격적으로 편집이 들어가는 시기여서 추가로 필요한 사진 자료를 요청했다. 그러면서 알았다. 할아버지와 함께 찍은 사진 앨범이 모두 실종됐다는 것을. 이사를 하면서 어디로 갔는지 통 찾을 수가 없었다.

결국 예전에 휴대폰으로 찍은 사진들을 전했다.

방송 날이었던 12월 9일 아침 8시 30분. <달력을 넘기면>이라는 주제로 시작된 방송. 녹화 날이 추억이 되어 새록새록 그날이 떠오르며 재밌게 방송을 보았다. 그러다 내 순서가 되었을 때, 할아버지 사진과 함께 소개되는 영상을 보는 순간 눈물이 왈칵 쏟아졌다. 녹화 때 겨우 참았던 눈물을 이제야 쏟아낼 수 있었다. 할아버지와 함께 출연했더라면 정말 좋았을 시간, 그리고 함께 출연한 방송을 보면 정말 좋았을 아침이라는 생각에 방송 내내 눈물이 멈추지 않았다. 더하지도 빼지도 않고 할아버지의 이야기를 담아준 제작진 분들께 정말 감사하다. 힘든 시기를 이겨내고 있는 우리 가족에게도 정말 큰 선물이 되었다. 할아버지와 낮술을 하던 날도 2019년 12월이었는데, 4년이 흘러 방송에서 할아버지 이야기를 한 날도 12월이다. 내겐 이맘때의 12월이 꽤 오래 특별할 것 같다.

'할아버지가 살아계셨더라면, 할아버지의 2023년 11월 28일
달력 날짜엔 기은이와 방송국 다녀온 날,
12월 9일 날짜엔 기은이와 방송 출연한 날이라고 쓰셨겠지.'

할아버지와 꿈에서라도 낮술을 하고 싶은 그런 날이다.

놀 아보소, 놀러오소!

"

서울 예술가분들이랑 협업 프로젝트 한 게 기억에 남아요.

젊은 사람들만 해서 처음에는 좀 망설였는데.

같이 또 일하다 보니까 젊은 사람들의 마음도 알고.

나중에는 이 동네에서 음악회도 하고.

이런 부분이 최고 기억에 남아요.

"

- 아버지 소집지기에게 가장 기억에 남았던 순간, 인터뷰 중에서

마을 어르신들과 아버지가 소집에서 가장 기억에 남는 순간으로 입을 모아 이야기하는 것이 있다. 2021년 10월 30일에 소집 마당에서 펼쳐졌던 <예술가의 놀이터 프로젝트 : 놀아보소, 놀러오소!> 특별 공연이다. 김옥자 어르신이 박연희 가야금 연주가의 아리랑 연주에 맞춰 춤을 추셨던 모습이 조금 전 일처럼 생생하다.

그날 아버지는 어르신들이 툇마루에 나란히 앉아 있는 모습을 사진으로 담으셨다. 그 사진은 마을 어르신들께도 아끼는 사진이 되었다.

처음 소집 공간을 꿈꿀 때 다양한 장르의 예술가들을 만날 수 있는 공간, 함께 재밌게 무언가를 하고 싶은 공간을 꿈꿨는데 <예술가의 놀이터 프로젝트 : 놀아보소, 놀러오소!> 는 그 바람이 이루어진 프로젝트이다. 장르의 경계를 허물고, 나이의 경계를 허문 프로젝트이다. 코로나19로 인해 온라인, 오프라인 활동을 병행하며 지역의 경계를 허문 프로젝트이기도 하다. 한국예술인복지재단에서 주최하고, 문화체육관광부가 후원하는 '2021년 예술인 파견지원사업-예술로 기획사업'의 일환으로 진행되었다. 강릉을 알아가고 싶은 서울 예술가들과 지역 이야기를 함께 나누고 싶은 강원도 예술가들이 소집 공간에 모여 즐겁게 할 수 있는 활동을 모색하고 함께 다양한 장르의 예술을 경험하며, 이야기를 쌓아가고자 시작되었다.

박연희 가야금 연주가, 고종환 사진작가, 곽푸른하늘 싱어송라이터, 구교진 베이스 연주자, 구래연 미술 작가, 양현석 타악기 연주자, 이렇게 여섯 명의 예술가가 소집 문화공간을 거점으로 하여, 2021년 5월부터 11월까지 6개월 동안 함께 강릉 이야기를 수집하며 강릉 민요를 재해석하고, 강릉 곳곳에 숨어있는 풍경을 찾는 시간을 가졌다.

그렇게 수집한 강릉 이야기를 음악으로, 사진으로, 미디어아트로 풀어낸 전시회가 2021년 10월 29일부터 11월 14일까지 소집에서 열렸다. 전시를 본 사람들은 강릉을 다시 느끼는 시간이 되었다고 한다.

"혼자의 작업도 중요하지만 역시 예술은
함께 만들어 가는 과정의 즐거움이 그 완성도를 높일 수 있다는
소중한 가치를 깨닫게 된 시간이었어요."

리더 예술인인 박연희 가야금 연주가는 강원도를 오가며 자신의 예술 활동에 많은 영감을 주었던 강릉의 매력을 함께 활동하는 동료들에게 꼭 소개하고 싶은 마음으로 예술가의 놀이터 프로젝트를 기획하게 되었다. 6개월의 길지 않은 시간 동안 함께 강릉의 이야기를 탐색해 가며 자신 또한 새로운 매력을 발견했다고 한다.

"바다만큼이나 깊은 산이 매우 매력적인 강릉의 전통곡을 연주하고
배우는 과정이 저에게 새로운 자극을 주었어요."

곽푸른하늘 싱어송라이터에게 강릉은 많은 관광객이 찾는 바다가 맑은 해안 도시였다. 그는 프로젝트를 진행하며 '오랜 역사가 곳곳에 이어져 내려오는, 자연과 삶이 어우러진, 전 세대가 함께 공존하는 문화 도시'로 강릉을 새로이 느끼는 시간이 되었다.

함께하는 예술가들과 다양한 시선으로 강릉 곳곳을 여행하며 바라본 강릉은 자신이 생각했던 것보다 더 많은 이야기를 담고 있었다고 한다.

구교진 베이스 연주자는 어렵게 역병을 뚫고 만날 때마다 함께하는 작업의 소중함을 느꼈다고 한다. 그는 특별한 장소의 감정을 공유하며, 그곳의 오래된 노래를 함께 다시 만드는 작업이 정말 즐거웠다고 한다. 구래연 미술 작가는 음악 분야의 예술가들과 함께하는 프로젝트는 호기심 가득한 도전이었다고 한다. 그는 코로나19라는 상황에 여러 변수를 만나게 되었지만 나름대로 많이 배우고 성장하는 시간이었다고 한다. 양현석 타악기 연주자는 예술가 선배님들과의 협업을 통해 같은 지점을 바라보는 다양한 시선에 대하여 배웠다며, 견문을 넓히고 영감을 받는 작업이었다고 한다.

나에겐 아버지가 사진작가로 다양한 장르의 예술가들과 협업하며 변화하는 과정을 보는 특별한 시간이었다. 아버지는 6개월이란 시간이 금방 지나온 거 같다며 예술가들과 협업하며 다른 장르를 좀 더 알아갈 수 있었다고 한다. 예전엔 소극적이었던 아버지가 이 프로젝트 이후에 이런 활동을 또 할 수 있다면 좋겠다고 표현하셨다. '이 활동이 정말 좋으셨구나' 느꼈다. 다음 해에도 지원했지만, 탈락했다. 아버지가 가장 아쉬워하셨다.

5년 차에 접어든 소집 공간의 쓰임도 변화가 필요한 때가 온 것 같다. 현재 전시 공간에만 머물러 있는 한계를 어떻게 극복할 수 있을지를 늘 고민하고 있다. 종종 열렸던 공연을 동네 어르신들도, 관람객들도 참 좋아했는데 앞으로는 그런 시간을 자주 갖고 싶기도 하다. 솔직히 그동안은 제대로 공연 시설을 갖추지 못해서 용기를 내지도 못했다. 비용적인 부담 때문에 망설인 것도 사실이다. 혹시나 이에 대한 지원사업이 있을까 찾아보았지만, 조건에 맞지 않아서 추진이 어렵기도 했다. 그래도 하고자 하면 할 방법은 찾아질 것이다. 좀 더 적극적으로 공연을 열 수 있는 방도를 찾아보려고 한다. 앞으로 소집에서의 유한한 시간 속에서 다양한 장르의 예술가들이 많이 소집되길 열렬히 바란다.

긴장과 설렘
사이에서,
소집

소 집으로 소집!

"

처음에 그런 얘기 많이 했잖아요.

'여기 사람들을 소집한다.'

결국 그렇게 다양하고

그런 사람들을 여기에 불러들이는구나.

여기서 또 사람들을 많이 만났거든요.

그래서 뭔가 연결고리가 되는 걸

되게 많이 느꼈어요.

"

- 손명남 작곡가

소집을 시작하며 가장 걱정이 컸던 건 모르는 사람들을 맞이해야 하는 것이었다. 5년이 흐른 지금도 여전히 몹시 긴장한다. 익숙해질 법도 한데 여전히 어렵다. 그래서 한 번 찾아온 분들을 잘 기억하진 못한다. 어쩌다 기억에 남는 분들은 아마도 내게 좋은 기억으로 남아있기 때문일 거다.

아버지와 내가 지키는 날이 다르다 보니, 눈에 익은 분들이 다르기도 하다. 잔뜩 긴장하고 있다가도 자주 찾아주는 관람객분들이 오면 안도하며 표정이 풀어지곤 한다. 늘 그런 분들만 오란 법은 없다. 불쑥 문을 열고 들어와 불쑥 말로 쏘아대는 사람도 비일비재했다. 5년 전의 나와 지금의 나. 차이라면, 그런 말들에 아무는 속도다. 어떤 경험이든 헛된 경험은 없는 것 같다. 서당 개 3년이면 풍월을 읊는다고 문을 열고 들어오는 모습만 봐도 이제는 느낌이 딱 온다. 말 선물을 남기고 갈 사람인지, 말벌 같은 사람인지.

얼마 전 지인 분이 그랬다.

"기은 씨는 꽤 낙천적인 사람이야."
"제가요?"

처음 들어본 말이라 의아하면서도 수긍이 가기도 한다. 공간을 하면서 인생 공부를 하고, 나를 객관화하는 공부를 하면서 나의 변화를 느끼는 것도 재밌다.

이전의 방송작가 때도 그렇고, 에디터 일을 할 때도 사람을 만나는 일이었다. 그때와 지금의 차이라면, 그땐 선택적으로 사람을 만나는 일이었다면, 지금은 내 선택과는 무관하게 다 만나야 하는 일로 바뀌었다는 점이다. 각각의 장단점이 있다. 공간을 하면서 어떤 사람이 올지 모르는 불안을 안고 살아야 하지만, 정말 다양하고 폭넓게 사람을 만날 수 있는 것이 훨씬 큰 장점이기도 하다.

소집을 하며 정말 많은 사람을 만났다. 다양한 장르의 작가들은 물론 그 작가의 동료 작가들도 만날 수 있었다. 그 많은 여행지 중에 소집을 찾아주는 여행자분들에게도 정말 고맙다. 차로 10분만 벗어나도 멀다고 느끼는 강릉 사람들이기에 꾸준히 전시 때마다 찾아주는 분들에게도 깊이 감사하다. 이런 공간을 열어줘서 고맙다는 말 한마디가, 오래오래 지켜달라는 말 한마디가 다음을 이어갈 충전지가 된다. 깜짝 선물 같은 만남도 있었다. 양희은, 양희경 선생님을 뵈었던 순간이 그러했고, 산다라박 님이 머문 순간도 그러했다. 산다라박 님은 아버지가 지키는 날 와서 직접 만나진 못했지만, 남겨 놓고 간 글을 볼 때마다 힘이 불끈 난다.

"소는 새로운 추억을 만드는 사람들이나 이런 것들을
기억하고 좋아하는 사람들이 찾아와야만 해요.
기억하고자 노력하는 사람들이 방문해야만 '이런 공간들이
계속해서 키워져 나갈 수 있지 않나'라는 생각을 해봤습니다."

- 윤석화 작가

지난 8월에 <영원에 닿은 파편> 전시를 열어준 윤석화 작가의 말처럼, 공간을 찾아와 새로운 추억을 만들고 이를 좋아하는 사람들이 와야만 공간이 계속 숨을 쉴 수 있다.

"처음에 딱 전시 작품들을 봤을 때 어린 시절의 추억을 불러일으키게 하는 전시였고요. 작품과 제 가족의 추억이 담긴 기록이 다 연결되더라고요. 유년 시절의 기억이 한 인간의 그 생에 있어서 아주 큰 기억으로 다가온다는 것을 다시 한번 느꼈어요."

- 이진주 든든지기

<영원에 닿은 파편> 전시 작품들을 얼른 실물로 보고 싶어 서울에서 당일치기로 소집을 찾아준 이진주 든든지기 님. 그에게 놀이공원의 추억이 각별했기에 윤석화 작가의 전시가 더욱 각별할 수밖에 없었다. 마침 그날 윤석화 작가가 소집을 지키는 날이라 진주 님이 가져온 추억 사진과 작품을 번갈아 함께 보며 한참 동안 이야기를 나누었다.

"소집이 갖고 있는 그 작음이 또 한편으로는 더 밀접하게 작가님들을 만날 수도 있고 또 하나는 강릉에서 만날 수 없는 작가님들도 쉽게 만날 수 있는 공간이어서 저한테는 굉장히 소중한 공간이에요."

- 이혜경 문화기획자

이혜경 님도 소집을 자주 찾아주고 늘 격려를 아끼지 않는 고마운 사람이다. 그처럼 소집에서는 작가들과 관람객이 허물없이 편하게 만날 수 있어 좋다고 이야기해 주는 분들이 많다. 나는 전시를 보러 가면 작품만 보고 와야 하는 경우가 많아 늘 아쉬움이 컸다. 그래서 소집에서만큼은 작가들과 만나는 자리를 많이 열고 싶은 마음이 크기도 했다. 코로나19로 중단되었던 '작가 만나는 날'을 얼마 전부터 열기 시작했는데 역시 온라인보단 실제로 만나는 게 훨씬 좋다는 걸 느꼈다. 이야기를 풀어내는 작가와 함께 이야기를 더해가는 만남의 시간은 더없이 소중하다. 앞으로도 기회가 되는 한 꾸준히 열 예정이다.

내 작품에 누군가가 깊이 공감한다는 것, 내 작품이 타인의 추억과 연결된다는 것, 자신의 소중한 추억을 작품으로 표현한 작가를 만난다는 것. 그러한 이야기를 함께 나누고 들을 수 있다는 것. 참 근사한 순간들이다. 앞으로도 편하게 갤러리에 놀러 오셔서 작품을 마주하고 작가를 만나며 함께 이야기를 나누면 좋겠다.

: 공항길의 끝엔 바다가 있다

나의 출근길이 여행길이 되는 또 다른 이유가 있다. 도로명 덕분이다. 공항길. 길 이름마저 반하게 하는 동네이다. 걷는 걸 좋아해서 집에서 소집까지 걸어서 출근하곤 한다. 긴장되는 마음으로 출근을 하지만 이 도로명 덕분에 잠시 설레는 여행길이 된다. 이 길의 끝에 공항이 나올 것만 같다. 하지만 공항은 없다. 이제는 없다는 게 정확한 표현이겠다. 한때 이곳엔 공항이 있었다. 현재 강릉 공군부대가 자리한 곳에 강릉공항이 있었다고 한다. 2002년 양양국제공항이 개설되면서 폐항되었다. 유치원 다닐 때였던 것 같다. 아버지, 어머니, 동생이랑 비행기를 타고 서울에 갔던 기억이 있다. 어머니께 내 기억이 맞는지 물었다. 그렇다고 한다. 서울 대학병원에 입원해 계신 할머니가 위독하다는 소식에 급히 비행기를 타고 갔다고 한다. 강릉공항은 나의 첫 비행기 탑승 장소였다.

사진이라도 한 장 남아 있지 않은 게 못내 아쉽지만 어렴풋하게나마 기억이 남아 있어 다행이라는 생각이 든다.

지금은 사라졌지만, 길 이름으로 다시 살아난 공항길. 서울, 부산, 광주, 제주, 울릉도, 후쿠오카로 출발하거나 서울, 부산, 광주, 제주, 울릉도, 후쿠오카에서 출발해 강릉으로 도착했을 길. 누군가를 마중하고 배웅했을 길. 설렘이 뒤따라 걷고 그리움이 눈처럼 쌓였을 길이다. 걷는 걸 좋아하는 나에게 이 길은 소집을 하면서 때때로 친구가 되어주고, 엄마가 되어주는 길이다. 이제는 혼자가 아닌 함께 걷고 싶은 길이 되었다.

내 키보다 큰 옥수수밭을 지나며 여름을 느낀다. 집마다 주렁주렁 열린 감나무. 가을이 익어가고 있음을 말해준다. 배추꽃이 만발한 밭. 산책 중인 고양이 가족도 만난다. 그렇게 소집에 이른다. 관람 시간 전까지 시간이 조금 더 여유로울 땐 동네를 더 걸어본다. 골목골목 계절을 느끼며 뚜벅뚜벅 걷다 보면 병산교에 이른다. 다리를 건널 필욘 없다. 도보 여행자를 위한 길은 따로 있다. 다리 초입의 이정표를 따라 걸으면 된다. 해파랑길 38코스이자 강릉 바우길 6구간이다. 살짝 뒤돌아보면 공군부대의 관제탑이 보인다. 비행기 이착륙 광경을 심심치 않게 보게 된다. 굉음에 놀라지 마시길.

공군부대 내엔 아주 귀한 유적지가 있다. 한송정이다. 고서 <동국여지승람>에 보면, 신라화랑들이 한송정에서 심신을 수련하며 차를 달여 마셨다는 기록이 전해진다. 지금까지도 찻물을 긷던 돌샘과 차를 끓이는 돌 아궁이 흔적이 남아 있다. 1년에 딱 한 번 한송정 유적지를 직접 볼 수 있는 날이 있다. 매년 10월 중순에 '한송정 헌다례와 들차회'가 열린다. 차를 공부하는 지인 덕분에 한 번 다녀온 적이 있는데 정말 귀한 경험이었다. 강릉이 커피의 도시이기 훨씬 이전에 이미 차의 고장이었음을 알 수 있는 시간이었다. 좀 더 자주 개방하면 좋을 텐데 아쉽다.

섬석천을 따라 걷는다. '생각의 바닷길'이라 나홀로 이름 붙인 곳이기도 하다. 걷는 사람을 위한 길. 쭉 뻗어있는 이 길이 참 좋다. 지친 마음을 다독여 주는 길이다. 하늘을 볼 여유를, 바람을 느낄 자유를 찾아준다. 한 걸음 한 걸음 내디딜 때마다 고민의 무게가 덜어지는 듯하다.

그렇게 걷다 보면 남항진교에 이르게 된다. 다리를 지나 조금만 더 걸어가면 '남항진'이라 적힌 커다란 비석이 보인다. 작은 골목을 지나면 바다가 선물처럼 등장한다. 그렇다. 공항길의 끝엔 바다가 있다. 남항진 해변이다.

남항진 해변은 고요한 바다이다. 바로 옆 북적북적한 안목해변과 달리 조용하게 바다를 담을 수 있어서 좋다. 해 질 무렵, 솔바람 다리 위에서 바라보는 바다 풍경을 사랑한다. 그리고 여행을 사랑하는 나에게 최고의 해돋이 장소이다. 활주로 위로 서서히 떠오르는 해가 황홀하다.

걷다 보면 바다가 나오는 것이 얼마나 감사한 일인지 고향을 돌아와서야 알았다. 걸을 때마다 그 마음은 깊어진다. 그저 바라만 봐도 위로가 되는 바다다. 그 자리를 늘 변함없이 지키는 바다를 보며 생각한다. 변하는 것과 변하지 않는 것. 변해야 하는 것과 변하지 말아야 할 것. 그리고 변함없길 바라는 것. 이것을 잘 판별하지 못할 때 중요한 걸 잃는 건지도 모르겠다.

바다로 향하는 공항길에서 오늘도 나는 여행자가 되었다가 또
여행자를 맞이하는 사람이 된다.

: 네 자매 가족 소집

아이 두 명이 문을 열고 들어오더니 뒤이어 부모님과 아이 두 명이 함께 등장한다. 아이 넷. 혹시 자매 사이인지 물으니 그렇다고 한다. 우리 집과 같은 네 자매 가족이다. 보기 드문 딸 부잣집이라서 반가운 마음이 더욱 컸다. 우리 집도 네 자매라고 하니 아이들의 어머니가 신기해하셨다. 나도 소집에서 네 자매를 만나게 될 줄이야. 신기했다.

내가 첫째여서인지 첫째에게 눈길이 갔다. 첫째에게 나이를 물으니 11살이라고 한다. 동생들이 말을 듣지 않아 첫째가 고생이 많다는 아이들 어머니의 말에 우리들의 어린 시절이 불현듯 떠올랐다. 막내가 태어난 후 어머니께 동생 한 명만 더 낳으면 가출할 거라고 엄포를 놓기도 한 나였다. 방학 때마다 동생들을 봐야 하는 건 늘 내 몫이었다.

육아는 그때 다 배운 것 같다. 어딜 가든 꼭 따라다니는 동생들이 귀찮을 때가 많았다. 친구 생일 때도 어린 동생을 혼자 둘 수 없어 데리고 갔다. 나만의 방을 꿈꿀 수도 없었다. 혼자일 틈이 없었다.

지금은 동생들이 많은 것이 정말 든든하고 좋다. 감사한 마음이 크다. 동생들이 모두 스무 살이 넘어선 친구가 되었다. 고민을 나누며 술친구가 되기도 하고 여행 친구가 되기도 한다. 지금은 내가 제일 철이 없다. 때때로 막내가 생각 깊고 마음 넓은 언니가 되어 줄 때도 있다.

지금 생각해 보면 우리들이 다 같이 한집에서 자라며 함께한 시간은 고작 8년이었다. 막내가 9살이 되던 해에 내가 대학교에 갔으니 10년이 채 되지 않는다. 이제는 뿔뿔이 흩어져 1년에 다 같이 보는 날이 다섯 손가락을 꼽을까 말까다.

<작은 아씨들> 영화를 보면서 동생들 생각이 많이 났는데 네 자매 관람객을 보면서 더욱 그랬다. 소집에 네 자매가 왔다는 걸 동생들 단톡방에 이야기했다. 모두 신기해한다. 우리들의 어린 시절이 떠오르더라고. 그때가 문득 그립더라고. 보고 싶다고 닭살 돋는 말을 전하는 밤이었다.

: 보고 싶은 사람,
보고 싶을 사람, 소집

1. 단짝 친구 세림이, 소집

2019. 5. 4.

오늘은 단짝 친구 세림이가 딸 나은이와 함께 소집에 왔다. 노란 원피스를 입고 이모 품에 쏙 안기는 나은이. 순간 심쿵했다. 소집의 최연소 손님으로 등극하기도 했다. 친구는 머지않아 둘째 출산을 앞두고 있다. 몸도 무거운데 이렇게 와준 것에 더 고마웠다.

친구는 석 달 전 한창 공사를 하던 소집을 보았었다. 그래서 변화된 공간에 더 놀라기도 했다. 찬찬히 공간을 보던 친구는 옛집 쪽의 창문을 제일 좋아했다. 나은이가 한창 그림을 그리는 동안 친구는 창밖 풍경을 바라보았다. 집에만 있기 답답했는데 봄나들이 제대로 한다며 좋아했다. 친구가 행복한 모습에 덩달아 행복했다.

날씨가 좋아서 점심은 아버지의 평상에서 자장면과 탕수육을 먹었다. 이렇게 또 하나의 추억이 평상에 쌓였다. 그렇게 한낮의 시간을 세림이와 나은이 덕분에 포근하게 보냈다.

세림이는 20년 지기 친구다. 중학교 때 같은 학원에 다니며 가까워진 친구. 같은 고등학교에 진학해 3년 내리 매일 등교 카풀을 같이 한 친구. 스무 살 여름방학 때 운전면허 학원에 같이 다니며 운전면허증을 딴 친구. 홍콩, 마카오로 해외여행을 처음 같이 간 친구. 사이사이 국내 여행을 하며 추억을 쌓은 친구. 그렇게 소소한 추억들이 가장 많은 친구이기도 하다. 어제 일처럼 생생한 추억들인데 그 사이 시간은 훌쩍 흘러 친구는 한 아이의 엄마에서 두 아이의 엄마가 될 준비를 하고 있다. 친구는 출산 전에 한 번 더 놀러 오겠다고 했다. 오늘 나은이 위주로만 사진을 찍느라 정작 친구랑 단둘이 찍은 사진이 없다. 다음번엔 제일 먼저 친구와 사진을 찍어야겠다.

2023. 10. 21.

세림이 가족의 깜짝 방문에 설레는 오후였다. 보고 싶은 마음 꾹꾹 누르고 살다 이렇게 만나 더없이 기쁘다. 못 본 사이 꼬꼬마 나은이는 훌쩍 커 그림 편지까지 써주는 마음이 예쁜 아이로 자라서 무한 감동이었다. 그런 다정다감한 아이로 성장할 수 있게 키워낸 친구가 참 멋지다는 생각을 했다.

나은이는 4년 전에도 그림 그리기를 참 좋아하는 아이였는데 지금도 변함없이 그림 그리기를 좋아한다. 지금의 마음을 잃지 않는다면 언젠가 소집에서 나은이의 그림을 전시하는 날이 오지 않을까. 기분 좋은 상상을 해보았다.

못 만난 사이에 친구는 두 아이의 엄마가 되었다. 나는 아직 나 하나를 건사하기도 벅찬데. 반성하게 된다. 열 다섯 살에 만난 우리는 함께하는 날들 속에 참 많이 웃고, 또 많이 울기도 했다. 어릴 때보다 자주 만날 순 없지만, 늘 가까이에 있는 것 같은 친구이다. 마흔을 바라보는 나이가 되었지만, 만나면 다시 열다섯 살 때로 돌아가는 우리들. '내 짝을 만났다'는 소식을 오매불망 기다리는 친구에게 올해는 꼭 좋은 소식을 전할 수 있도록 분발해야겠다.

"사랑해, 친구야. 건강히 지내다 얼른 또 만나자!"

2. 그리운 동료들, 소집

 # 2019. 6. 9.

멀리서 누군가 강릉에 오면 맞이할 곳이 있는 건 정말 큰 기쁨이다. 그 기쁨을 오롯이 느낀 날이 있었다. 5월 6일 지은 언니와 형부가 왔을 때. 5월 27일 친구 미라가 왔을 때. 6월 1일 지희 언니와 형부, 주원이가 왔을 때. 그리고 엊그제 6월 7일 정아 언니와 형부가 왔을 때 그랬다.

이들은 내 젊은 날의 마지막 직장이자, 가장 오래 몸담았던 쿠팡. 그곳에서 만난 사람들이다. 컨텐츠 제작팀에서 에디터로 일하며, 적게는 두 곳, 많게는 네 곳을 촬영하고 밤새 원고를 쓰는 일이 부지기수인 나날이었다. 정말 밤낮없이 일을 한 날들이었다. 몸은 힘들어도 마음은 즐거웠다. 다음날 출근이 기다려지기도 했으니까.

그때 같이 고생한 정은 꽤 깊고 두텁다. 이렇게 회사를 관둔 지 오래됐는데도 여전히 어제 본 사람들처럼 생생하다. 그리운 마음도 짙다. 그래서 보고 싶은 사람들을 소집으로 소집했을 때 꿈같았다. 그들 역시 이러한 공간에서 마주하고 있는 것이 꿈같다고 했다. 서로에게 꿈같은 시간. 못 나눈 이야기를 풀어내느라 시간은 부족하기만 했다.

지은 언니와 정아 언니와는 이야기 나누느라 정신없어 사진을 못 찍었다. 다음번에 사진부터 찍어야지. 하루 더 묵고 가라고 붙잡고 싶지만, 다음날 일정이 있어서 그러지 못해 그저 아쉽기만 했다. 다음에 더 오래오래 이야기 나누자고 했다. 이렇게 또 하나의 추억을 쌓았다. 한때의 추억으로만 남는 인연이 아닌 다음을 기약할 수 있는 인연이라는 게 감사하고 감사하다.

3. 첫 제자들, 소집

 # 2019. 8. 8.

"네가 강의한다고?"

고등학교 때까지 나를 아는 친구들은 놀라곤 한다. 발표할 때마다 양 목소리를 냈던 나다. 그날의 날짜를 보고 발표를 시키곤 했던 선생님들 때문에 내 번호가 연관된 날짜일 땐 바짝 긴장하는 하루이기도 했다. 그런 나를 기억하는 친구들이니 그런 반응을 보이는 게 당연하다. 첫 강의는 강릉시립도서관에서 한 <여행의 첫걸음, 여행기 쓰기 첫걸음>이었다. 지금까지 계속 강의할 수 있는 것엔 고향으로 돌아와 한 첫 강의의 경험이 좋아서였다.

그때를 돌이켜보면 무척 부끄럽기도 하다. 수업에 실망해서 사람들이 냉대의 눈초리로 나를 쳐다보고, 무시당하였다면 그 강의가 첫 강의이자 마지막 강의가 되었을지 모른다. 첫 경험이 중요한 이유다. 그래서 그때의 첫 제자들을 잊을 수가 없다. 제자들이지만 내게는 인생 스승이기도 했다. 평균 나이 예순. 한 분 한 분이 기억에 남지만 특히 두 선생님이 인상 깊다. 여든이 넘은 제자가 있었다. 매일 도서관으로 출근해 신문을 정독하고, 글을 쓰는 제자였다. 설** 선생님은 아내가 아파서 함께 병원에 가야 하는 날 하루를 제외하곤 수업에 빠진 적이 없었다. 그만큼 배움에 대한 열정이 크셨다. 잊을 수 없는 또 한 사람은 김** 선생님이다. 수업을 듣기 위해 옥계에서 포남동까지 두 번 버스를 환승해서 오셨다. 한 번도 지각한 적이 없었다. 그 마음이 깊고 감사해서, 매주 온 마음을 다할 수밖에 없었다. 최종적으로 함께 <여행, 시작>이라는 한 권의 책을 출간했다.

그때 처음으로 참된 어른을 만난 것 같다. 나이부터 묻고 자신보다 어리면 아래로 보는 어른들과는 달랐다. 존중하는 마음은 큰 격려가 되었다. 배움을 게을리하지 않는 모습 또한 인상 깊었다.

소집을 열고 나서 첫 제자들을 종종 우연히 만나게 되었다. 한 선생님은 소집 바로 앞 식당에서 점심을 먹다가 우연히 소집을 보고 들어오셨는데 나를 딱 만난 것이다. 늘 마음 한구석엔 소중한 사람들로 남아 있지만, 좀처럼 만나긴 어려웠다. 그러다 이렇게 다시 만나니 더 반가웠다. '역시 만날 사람은 다시 만나는구나'를 실감했다. 그러면서 연락을 자주 드리지 못한 죄송함도 밀려왔다.

뜬금없이 새 공간을 연다는 소식을 알리는 것이 괜스레 죄송해서 알리지 않았는데, 오히려 섭섭해하실 수도 있겠다는 생각이 뒤늦게 들었다. 우연한 만남은 이러한 후회와 아쉬움을 풀어주었다.

서로의 근황을 묻고 답하며 멈춰있던 사이의 시간은 다시 흐르기 시작했다. 그러면서 그때의 선생님들이 그리워졌다. 연락을 드려 봐야지 하던 찰나에 그 그리움이 선생님들의 마음에 먼저 닿은 건지 최근에 부쩍 그때의 선생님들과 우연히 만나거나, 연락이 먼저 온다.

가장 최근의 우연한 만남은 동네에 있는 시니어 마트에서였다. 옥계에 사는 김** 선생님이다. 선생님은 주말에 한 번씩 일을 하러 이곳에 오신다고 했다. 선생님은 일을 마치고 곧바로 소집을 찾아주셨다. 선생님을 소집에서 맞이하는 날이 오다니. 감격스러운 순간이었다.

다시 만난 선생님은 여전히 고우셨다. 선생님 앞에서 수다쟁이가 되고 말았다. 그런 철없는 나를 넉넉한 마음으로 품어주셨다. 다정한 말들에 배가 한껏 불렀다. 선생님은 여전히 옥계와 포남동을 오고 가며 배움을 이어가고 있었다. 나이에 우쭐대지 않고, 나이에 갇히지 않는 사람. 배움은 끝이 없다는 걸 행동으로 보여주는 사람. 그렇게 자신을 만들어 가는 사람. 존경심이 더욱 깊어졌다. 선생님과는 다음 만남을 기약했다. 소집은 이렇게 또 내게 선물을 준다.

뜻 밖의 순간들, 소집

"

지역에 이런 공간이 있다는 걸 좋아하시는 분들도 많고,

첫해에는 여러 가지 행사도 많이 열고 하면서 보람이 있었는데.

코로나가 터지면서 우리뿐만 아니라

다른데도 마찬가지겠지만 많이 힘들어졌죠.

마을에 같이 어우러지면서 여러 가지로 뭔가 해보려 했는데

의욕도 많이 떨어지기도 했어요.

이게 언제 끝날지도 모르는 상황이고 아주 답답하죠.

"

- 고종환 사진작가 & 소집지기

1. 미국에서 보내온 편지

코로나19 이전에는 전시 때마다 작가들을 만나는 자리를 자주 열었다. 코로나19 이후로는 그러한 행사는 고사하고, 사람들에게 적극적으로 전시를 보러 오라고 권하기도 조심스러웠다.

소집지기들의 걱정은 클 수밖에 없었다. 아버지는 사진작가로 활동하고 있기도 하다. 아버지는 2021년 소의 해를 맞아 1월에 <우(牛) 2021> 사진전을 기획하고 전시하셨다.

"아버지께서 1년 동안 대관령, 인제, 홍천, 청도,
전국 곳곳을 돌며 소들이 있는 풍경을 담았어요.
공들여 작업한 활동이라 그만큼 각별한 전시회이기도 했어요.
그런데 연말연시에 코로나19 확진자가 급증하며
지역 분위기가 무거웠어요.
사람들이 마음 편히 올 수 없는 상황이었죠.
전시 기간 내내 그러했어요.
나아지지 않는 상황도 갑갑하고, 마음이 복잡했었죠."

- 고기은 소집지기

여전히 내게 아쉬움이 큰 전시회로 남아 있다. 그런데 전시가 끝나고 몇 달 후, 아주 특별한 편지 한 통을 받았다. 편지는 미국 로스앤젤레스에 사는 80대 어르신이 보내신 것이었다.

그는 유튜브에서 우연히 고종환 작가의 소 사진 작품들을 접하게 되었다고 한다. 소 두 마리를 끌고 밭을 가는 사람의 모습을 담은 사진을 보는 순간, 어린 시절 고향이 떠오르고 농사를 지으시던 부모님이 생각나셨다고 한다. 그 길로 편지를 쓰신 것이다. 그 사진 작품을 곁에 두고 보고 싶다는 마음을 전하셨다. 나는 그에게 편지를 잘 받았다는 메시지를 전했다. 그에게서 금세 답변이 왔다. 우리의 연락을 몹시 기다리셨다고 한다. 얼떨떨한 기분은 이내 진한 감동으로 밀려왔다. 얼른 이 소식을 아버지께 전해드리고 싶었다. 소식을 들은 아버지는 이렇게 편지를 써서 전해준 어르신의 마음에 깊이 감동하셨다. 아버지는 어르신이 곁에 두고 싶은 사진과 함께 또 다른 사진들을 더하여 보내셨다. 전시회는 아직 끝난 것이 아니었다. 덕분에 아버지도 다시 힘을 내셨다.

2. 생일날, 소집

"저 조퇴하고 소집 가요."

늦은 오후. 반가운 문자 한 통이 왔다. 그는 두 차례 소집을 왔었다. 처음엔 조용히 머물다 가는 손님이었고, 두 번째는 김소영 작가의 솔담토크 시간을 함께했었다. 그리고 오늘 다시 소집을 찾아온 것이다. 예고 없는 방문이 깜짝 선물이라면, 예고하는 방문은 기다리는 설렘을 더하는 선물이었다.

핫도그를 사 온 그와 나란히 앉아 핫도그를 먹으며 이야기를 나누었다. 고은정 작가의 <웃냥이와 우냥이> 그림을 보고 오늘 꼭 소집에 가야겠다는 마음이 일었다고 한다. 그림 앞에 앉은 그. 그림을 마주한 그는 수줍게 오늘 생일이라고 고백했다. 누구의 아내, 누구의 엄마가 아닌, 오롯이 나를 위한 하루. 그런 특별한 날에 소집을 찾아와 머물러준 마음이 더 큰 감동으로 밀려왔다. 내가 생일 선물을 받은 것 같았다.

그에게 선물을 하고 싶었다. 무엇이 좋을까. 마침 전시된 <뷰레이크타임> 책을 보며 구매할 수 있냐는 물음에 내 책을 선물로 드렸다. 몇 권 남지 않아 이젠 판매하지 않고 아끼는 책이지만, 그에게 잠시 글로 호수를 여행하는 시간을 전하고 싶었다. 그가 돌아간 후로도 그가 머문 자리엔 한동안 다정한 햇살이 내려 앉았다.

3. 마음 난로가 되어주는 말 선물, 글 선물

소집을 하며 몸소 깨달은 것 중 하나는, 한 번의 진한 감동은 아홉 번의 불행을 덮어주는 힘이 있다는 것이다. 코로나19가 예고 없이 찾아왔듯이, 뜻밖의 선물 같은 순간들도 종종 예고 없이 찾아왔다.

"작년 가을에 찾아오신 분이 있었어요.
중년 여성분이셨는데, 나 홀로 여행 중이라고 하더라고요.
227번 버스를 타고 오셨다고 해요.
인터넷에서 소집 전시 소식을 보고 꼭 오고 싶은 곳으로
찜해두셨다고 하더라고요. 그런데 바로 오진 못하셨대요.
코로나19로 밖에 나가는 것도 조심스럽고 그러셔서
마음에만 내내 남으셨다고 해요.
그러다 드디어 이렇게 왔다면서 얼마나 좋아하시는지.
'젊은이가 이렇게 하는 게 얼마나 멋있는지,
정말 대견하고, 잘하고 있다' 라면서
오래오래 해달라고 말씀하시는데 괜히 울컥하더라고요."

- 고기은 소집지기

그는 손녀와 함께 오겠다며 다음을 기약하셨다. 참 멋진 어르신을 만난 그날의 하루는 그 자체로 선물이었다. 공간을 하면서 자신이 무심코 건넨 말이 가시 돋친 말인지 모르고 내뱉는 사람들을 만날 때가 많은 게 사실이다. 하지만 때때로 뜻밖의 감동을 전하는 한 분을 만나면 마음이 녹는다. 아버지 소집지기도 그러한 순간이 종종 있으셨다고 한다.

"최근에 3박 4일 동해안 쪽으로 여행을 온 가족이었는데.
소집을 제일 먼저 왔다고 하더라고요.
여기가 제일 오고 싶었다면서 소집에 온 소감 글도
멋지게 남겨주고 가셨는데. 참 고맙고 기쁘더라고요."

- 고종환 소집지기

블로그와 SNS에 남겨주는 관람객들의 글 선물도 감동이다. 특히 아버지 소집지기에 대한 고마운 마음이 가득하다. 전시 설명도 친절하게 잘해주고 사진을 찍어주셔서 좋았다는 이야기들이 많다. 아버지는 아버지의 방식으로 공간을 잘 지켜가고 있으셨다. 아버지께선 그렇게 찾아오는 분들에게 따뜻한 추억을 선물하며 소집의 이야기를 쌓아가고 있었다.

4. 최고의 노래 선물

아빠들에게 <아빠 힘내세요>가 있다면,
소집지기들에겐 <소집하자>가 있다.

제1회 소집 아트페어 1부 다시 만나는 작가들 오프닝 담소 토크 공연 때 초코와 루시 팀이 엔딩곡으로 그날 새벽에 완성된 따끈따끈한 곡이라며 풀어낸 노래는 <소집하자> 노래였다. 초코 님은 함께 무엇이든 활동을 하며 내가 쓴 <지누아리> 시를 노래로 만들어주기도 했었다. 그 노래에 이어 두 번째 노래 선물이다.

얼떨떨한 가운데 노랫말에 울컥하기도 했다. 나오려는 눈물을 겨우 참았다. 나 대신 울어준 몇몇 분이 있기도 했다. 퇴근 후 다시 노래를 들었던 그날 밤, 눈물 버튼이 되었다.

2부 아트페어를 하루 앞둔 저녁에 명남 님은 또 하나의 선물을 전했다. <소집하자> 뮤직비디오였다. 영상을 보니 그리운 순간순간들이 담겨 있어 뭉클했다. 사진 한 장 한 장 고심하며 골랐을 마음에 감동이 밀려왔다.

출근 후, <소집하자> 노래를 틀어놓고 청소를 시작한다.
오늘도 덕분에 힘차게 소집에서의 하루를 시작해 본다.

소집하자

작사·작곡 손명남 | **노래** 심효원

소집 소집하자 소집하자

소집 소집하자 소집하자

소집지기 아빠와 딸

무뚝뚝해 보여도 알고 보면 따뜻해

초담아 안녕 인사를 하고

소집 문을 활짝 연다

미숫가루 한잔 마시고

햇살을 느끼고 빗소리를 맞으며

사람들의 온기를 나누는 곳

여기 소집

소집 소집하자 소집하자

소집 소집하자 소집하자

배롱꽃 떨어지는 여름 한가운데

소집 마당에 앉아

감자적에 막걸리를 마시고

마음을 나누고 행복을 느끼며

사람들에게 용기를 주는 곳

여기 소집

*〈소집하자〉 노래는 유튜브 채널 '소온'에서 들어보실 수 있습니다.

내 작품에 누군가가 깊이 공감한다는 것,

내 작품이 타인의 추억과 연결된다는 것,

자신의 소중한 추억을

작품으로 표현한 작가를 만난다는 것.

그러한 이야기를 함께 나누고

들을 수 있다는 것.

참 근사한 순간들이다.

잊어버린 혹은

잃어버린 시간을

재생하는 공간,

소집

아버지를 여행하는 시간, 소집

"

오늘은 누구의 아내, 누구의 엄마가 아닌,

그냥 나로 돌아가는 여행이에요.

내 이름으로 1박 2일의 시간을 갖는 여행입니다.

마음소행 여행에 함께 해주셔서 감사합니다.

"

- 고기은 소집지기

2019년 11월에 열린 <마음소행> 소집 로컬투어 프로그램 중에서

<마음소행> 소집 로컬투어 소개를 마친 후, 시계를 본 나는 당혹스러웠다. 아직도 1시간이나 남아버렸다. 이를 어쩌면 좋지. 전전긍긍하는 마음으로 10분을 떠나보내고 있던 차였다. 버스 안은 적막감으로 공기가 무거웠다. 그때였다. 아버지께서 벌떡 일어났다.

"여행 가서 다들 사진 많이 찍으시잖아요. 제가 사진 찍는 법을
조금 알려드리겠습니다. 좋은 카메라 필요 없습니다.
요즘 스마트폰 사진 기능이 워낙 좋아서
이 폰이면 충분합니다. 모두 가지고 계신 폰을 꺼내보세요."

아버지는 어머니들의 잠자고 있는 스마트폰 기능을 깨우셨다. 어머니들은 귀를 쫑긋하고 아버지의 설명을 들으셨다. 구도 잡는 법을 알려주고, 초점의 중요성을 일러주셨다. 한 사람 한 사람에게 다가가 이해 안 되는 부분을 되짚어가며 설명해 주셨다. 아버지께 저런 다정한 면이 있을 줄이야. 놀라긴 아직 일렀다. 갑자기 안 주머니에서 뭔가를 주섬주섬 꺼내시는 아버지. 아버지가 꺼낸 건 하모니카였다.

"마지막으로 제가 요즘 하모니카를 연습하고 있습니다.
한 곡 들려드리겠습니다."

예상치 못한 전개였다. 뜻밖의 연주를 시작한다. 사람들 앞에서 하모니카 연주를 하는 아버지의 모습은 퍽 낯설었다. 앞쪽 좌석에 앉아 있던 나도, 그 옆에 앉아 있던 촬영 담당 영남 언니도 눈이 동그래졌다. 언니는 얼른 카메라를 들어 그 모습을 담았다. 10명의 강릉 어머니와 함께 고성 왕곡마을로 향해 가고 있는 버스 안은 일순간 아버지의 무대가 되었다.

'고향의 봄' 노래가 이렇게 슬픈 멜로디였나. 나는 얼른 고개를 돌렸다. 나오려는 눈물을 애써 참는 중이었다. 귀로만 하모니카 소리를 들을 수밖에 없었다. 연주가 끝나자, 어머니들이 열렬한 환호와 박수 소리로 얼어 있는 분위기가 깨졌다. 자연스레 한 사람 한 사람 돌아가며 자신의 이름과 사는 곳을 이야기하는 시간으로 이어졌다. 1시간이 금세 지나 첫 여행지에 도착했다. 그렇게 그날의 하루는 순조롭게 흘러갔다. '아버지는 역시 현장 체질이구나'를 느꼈다. 베테랑 가이드처럼 아버지는 여유롭게 여행을 안내하셨다. 첫날 여행 일정이 모두 끝난 밤, 아버지께 아침의 상황을 물었다.

"도착하려면 1시간이나 남았는데, 계속 그렇게 갈 순 없잖아.
네가 더 이야기할 거 같지도 않고.
그래서 나라도 나서야겠다 생각한 거지."

앞에 앉아 있는 딸의 뒷모습에서 불안을 읽으신 거다. 아버지는 그렇게 내 얼굴을 살피고, 내 뒤통수의 표정까지 살핀다. 내가 고향으로 돌아오면서부터 그랬다. 한때는 아버지 껌딱지였던 나다. 아버지는 쉬는 날마다 어김없이 카메라를 챙겨 나가곤 하셨다. 나는 그런 아버지를 따라 곧잘 다녔던 딸이다. 고향으로 다시 돌아왔을 때, 아버지의 표정은 겨울이었다. 말은 더 차가웠다. 막내가 대학생이 되면서 네 딸이 모두 품을 떠났다. 이제 비로소 좀 홀가분해지나 했는데 때아닌 복병의 등장이다. 그게 바로 첫째 딸이라니. 좋은 짝을 데려와 결혼을 허락해달라고 해야 하는 타이밍의 나이인 딸인데. 예상을 보기 좋게 깨고 백수나 다름없는 상태로 돌아온 서른 살의 딸이 탐탁지 않은 건 당연했다. 표정을 숨기지 못하는 아버지셨다. 나는 또 그런 아버지를 닮은 딸이었다. 서로에게 냉랭한 시간이 이어졌다. 서로 반대로 향하던 걸음이 다시 마주 보는 걸음이 될 수 있었던 건 결국 여행이었다.

어릴 때부터 추억을 켜켜이 쌓은 경포호가 여행의 시작점이었다. 그곳에서 만난 생태 습지 해설사 선생님 덕분에 경포호가 '석호'라는 걸 처음 알게 되었다. 석호는 댐에 의해 인공적으로 만들어진 호수가 아닌, 자연적인 힘으로 만들어진 호수이다. 그런 호수가 강원도 동해안을 따라 18곳이 있다는 이야기가 솔깃했다. 강원도 석호 여행은 그렇게 시작되었다. 그때 마침 연재하고 있던 동아사이언스에서 호수 여행기 연재 코너를 신설해 여행의 시간을 공유할 수 있었다.

여행하며 카메라를 든 아버지의 모습을 다시 볼 수 있었다. 어릴 적 아버지가 가장 멋있을 때가 카메라를 든 모습이었다. 그 모습을 오랜만에 볼 수 있어 반가웠다. 첫 북토크 때 아버지가 그러셨다. 딸들이 중학생이 되고부턴 카메라 앞에 서지 않더라고.

말로 표현하지 못하는 자신의 마음을 대신하는 것이 나에겐 글이라면, 아버지는 사진이었던 것이다. 그런데 카메라 앞에 아무도 없으니 더 이상 카메라를 쓸 일이 없으셨다고 한다. 그런 아버지가 여행하며 다시 카메라를 드셨다.

여행지에 도착해서는 아버지도 나도 카메라를 들고 저마다 마음에 머무는 풍경을 담았다. 객관적으로 내 사진과 아버지가 찍은 사진을 비교했을 때 아버지 사진이 훨씬 훌륭했다. 20년 동안 촬영 감독을 하셨던 아버지와 감히 비교하는 게 웃겼다. 연재 글엔 내 사진보다 아버지의 사진이 더 많이 게재되기 시작했다. 언젠가부터 내 카메라의 피사체는 여행지 풍경이 아닌 아버지가 되었다. 아버지 사진이 별로 없다는 걸 깨달은 건 고향으로 돌아와 다시 꺼내본 앨범에서였다. 늘 딸들의 모습을 담느라 카메라 뒤에 섰던 아버지셨다. 사진들 속엔 기억하지 못하는 나의 추억들이 채집돼 있었다.

'아버지는 왜 그렇게 딸들에게 사랑한다고 말해주지 않을까.'

무뚝뚝한 아버지가 야속할 때가 많았다. 수북하게 쌓인 네 딸들의 사진에서 알았다. 아버지는 사진으로 수없이 사랑을 말하고 있었다. 중학교를 올라가며 딸들은 하나둘 아버지와 거리를 두기 시작했다.

나이를 먹을수록 그 거리는 더 멀어졌다. 어머니와는 친구가 되어 가는데 아버지와는 남보다 못한 사이가 되어갔다. 아버지는 더 이상 딸들을 사진으로 담을 용기를 내지 못했다. 그러다 오랜만에 카메라를 드신 거다. 헛헛한 마음을 채워주는 풍경들이 아버지의 발걸음을 멈추게 했다. 평소엔 성격이 급한 아버지인데 여행지에선 세상 느린 사람이 되었다. 눈으로 먼저, 마음으로 담은 후 카메라를 드셨다. 가도 되는 길일까. 뭐가 나올지 모르는 길에서 주춤거리는 딸 대신 아버지는 앞서 걷기도 했다. 그런 아버지의 뒷모습을 찍는 날이 늘었다. 그때 알았다. 아버지의 사랑은 뒤에서 온다는 것을. 그리고 그 사랑을 늘 한발 늦게 알아버린다는 것도.

아버지와 함께한 2년의 여행 시간은 한 권의 책이 되었다. 책을 만들어야겠다고 결심한 건 아버지가 허리 수술을 하기로 한 전날이었다.

"나는 너랑 여행한 시간이 좋았어."

수술을 앞두고 건넨 아버지의 한마디 때문이었다. 잠시 화장실을 다녀오겠다고 했다. 겨우 참은 눈물을 펑펑 쏟아냈다. 강해 보이기만 했던 아버지에게서 두려워하는 마음을 읽는 첫 순간이었다. 퇴원하는 무렵이 아버지의 생신이었다. 아버지께 책을 만들어 선물해 드리기로 마음먹었다.

책도 직접 만들 수 있는 시대가 된 것이 참 감사했다. 독립출판 과정을 열심히 찾아보았다.

책은 아버지의 사진, 나의 글, 그리고 캐릭터 디자인을 전공한 셋째 동생의 도움으로 완성했다. 나의 첫 책이자 우리 가족의 첫 책이다. <뷰레이크타임>은 그렇게 세상에 나오게 되었다. 한 권을 만들려던 것이 어쩌다 일이 커져 300권을 출판하게 되었다.

책으로 아버지와 나는 또 다른 여행을 이어가게 되었다. 아버지와의 동행 취재 일이 부쩍 늘어났다. 그러한 시간 속에서 좀 더 아버지를 알아가게 되었다. 그러면서 닮은 점도 하나둘 발견했다. 근사한 풍경을 만나면 발걸음을 멈추고 눈으로 먼저 담고, 그다음 카메라에 담는 모습까지 꼭 닮았다.

방황의 시기가 꼭 10대에만 있는 건 아니라는 걸 서른 살에 알았을 때, 아버지는 쉰다섯 살에도 있다고 알려주셨다. 방황하는 아버지와 나를 바라보는 어머니는 오죽 애가 타셨을까 싶다. 어머니께는 늘 죄송한 마음이 크다. 그러면서도 아버지와 내가 방황의 시기가 겹쳐서 참 다행이라는 생각도 든다. 그 시기가 맞지 않았다면 같이 여행하는 시간도, 함께 소집을 하는 시간도 허락되지 않았을 테니까.

서른이 넘어 부모님과 함께 산다는 건 편하지만은 않다. 서로 떨어져서 살 땐 서로 안부 전화를 주고받으며, 목소리에서 그리움을 읽을 수 있었다. 밥은 잘 챙겨 먹는지 안쓰러운 마음과 애틋한 감정이 있었다. 하지만 그런 감정이 사라진 지 오래다. 내가 나이 먹은 만큼 부모님도 나이가 드셨다. 한때 나의 투정을 너그럽게 받아주는 때가 있었지만 지금은 아니다.

함께 산다는 건 부모님 품을 못 벗어난 자식이란 꼬리표를 달고 살아가는 것이기도 하다. 고향에서 산다는 건 그렇다. 무엇을 해도 내 이름 앞엔, '누구의 딸'이 먼저 붙는다. 이것이 못 견디게 싫은 때도 있었다. 지금은 공공연하게 아버지와 함께 공간을 꾸려가며 '누구의 딸'을 전면에 드러내고 살고 있지만, 작은 변화라면 이제는 아버지께서도 때때로 '누구의 아버지'로 불린다는 것이다.

같이 산다는 건 좋은 모습보다 힘든 모습을 더 많이 들키는 일이기도 하다. 나도 그렇지만 부모님도 그렇다. 늘 괜찮은 줄만 알았던 부모님의 힘든 모습을 마주할 땐 어떡해야 할지 몰라 당황할 때가 많았다. 아직은 품이 넓지 못한 자식이라는 사실에, 힘이 되지 못한다는 사실에 괴로웠다. 또 한편으론, 같이 살지 않았다면 영영 몰랐을 사실이라고 생각하면 그것 또한 퍽 먹먹한 일이다.

'아무 생각 없이 그저 쉬어가자는 생각으로 온 건 줄 알았는데, 그냥 돌아온 것이 아니었구나. 이러한 시간을 함께하려고 온 거였구나. 더 늦기 전에, 더 후회하기 전에 함께 하고 싶어서 온 거였구나.'

고향에서 지내는 하루하루가 축적될수록 고향으로 돌아온 이유가 선명해진다. 누군가 내게 고향으로 돌아오기 전으로 다시 돌아간다면 같은 선택을 할 거냐고 물으면, 주저없이 '네'라고 답할 것이다. 같이 살지 않았다면 내 나이 먹는 것만 생각했지, 부모님 나이 먹는 건 생각하지 못한 채 살았을 테니까.

언제까지 이 시간이 이어질지는 모르겠다. 영원하지 않은 걸 알면서도 아버지와 또 신경전을 벌인다. 힘들면 힘든 대로 표정이 말해줄 테고, 때때로 상처를 주기도 할 테다. 하지만 그보다 조금은 웃는 날이 더 많았으면 좋겠다. 앞으로도 아버지는 사진으로, 나는 글로 마음을 표현할 테고, 때때로 술의 힘을 빌려 섭섭한 감정을 풀어낼 것이다. 오늘도 나는 함께하는 시간 속에 분주히 아버지를 여행한다.

: 닮은 듯 다른,
다른 듯 닮은 두 사람

2년의 호수 여행, 그리고 5년의 소집을 꾸려간 시간 속에는 늘 아버지가 있었다. 안정된 길에서 발걸음을 돌려 불안정한 길을 택한 딸. 그런 딸을 혼내면서도 결국 그 길을 함께 걸어가 주는 것도 아버지셨다. 여행을 함께한 시간 속에선 아버지와 닮은 점을 발견했다면, 소집을 함께하는 과정 속에선 아버지와 다른 점을 많이 발견하게 된다.

소집의 회색 벽이 마음에 들지 않는 아버지는 소집 벽을 하얗게 칠하고 싶어 하셨다. 절대로 안 된다고 결사반대하는 나 때문에 포기하셨다. 그런 아버지는 지금도 적막한 회색 벽이 마음에 들지 않아서 입구 옆에 어느 날은 의자를 갖다 놓으시더니, 또 어느 날은 화분 몇 개를 사 와 꽃을 심었다.

그래도 뭔가 아쉬워서 나무 한 그루를 심으셨다. 이름은 수사 해당화다. '산뜻한 미소'라는 꽃말처럼, 소집이 문을 연 4월에 분홍 꽃이 만발해 마음을 환하게 해주는 나무다. 덕분에 피고 지는 꽃들에서 계절을 느낀다. 포스터 게시대도 만들어 부착하고, 뒤편 벽 쪽엔 소 그림도 살포시 그린 아버지. 그렇게 곳곳에 아버지의 손때 묻은 추억이 자리하고 있다.

'아버지에게 저런 면이 있었나?'

나는 미처 몰랐던 아버지를 발견한다. 코로나19로 유난히 버거운 2020년 봄. 아버지는 소집 옆에 작은 텃밭을 가꾸며 시름을 달래셨다. 적상추, 당귀를 시작으로 고추를 심으셨다. 이어 해바라기와 방울토마토도 심으셨다. 조금씩 해바라기 싹이 올라오기 시작했다. 얼마 후 적상추를 처음 수확했다. 그것으로 저녁 한 끼를 든든히 해결했다.

아버지께서 소집 주변을 가꾸면서 주변 풍경은 좀더 아름다워졌다. 하지만 여전히 마음에 들지 않는 것이 하나 있다. 감자적 본부 음식점 옆쪽 벽에 큼지막하게 있는 '소집 갤러리 카페' 간판이다. 어느 날 보니 아버지께서 그렇게 만들어 놓았다. 아버지는 골목 안으로 들어와야 보이는 소집의 위치를 퍽 마음에 들어 하지 않는다.

감자적 본부와 옹심이 중국집 사이의 펜스가 아버지의 골칫거리이기도 하다. 소집 근처에 다 와서 많이들 헤매는 이유이기도 해서다. 그런 불편함을 덜어드리고, 좀 더 사람들이 많이 찾아올 수 있도록 만든 간판이지만 나는 그 간판이 몹시 마음에 들지 않는다.

그 간판을 보고 많이 오기도 하지만, 그저 '카페'를 기대하고 왔던 사람들에겐 적잖이 실망감을 안기는 장소다. 카페라고 하는데 앉을 곳도 마땅치 않고, 테이블도 없고, 메뉴도 고작 3가지라 단출하다. 아버지가 계신 날엔 그래도 음료 판매율이 높지만, 내가 있는 날엔 한 잔도 못 팔 때가 많다. 다른 메뉴를 찾으실 때 나는 주변 카페로 안내해 드리기도 한다. 아버지가 아시면 몹시 화낼 일일 듯해서 이 글은 아버지가 보지 않으셨으면 좋겠다. 그 간판이 '갤러리'를 기대하고 온 사람들에게도 실망감을 준다. 어느 작가가 그랬다. 처음에 이곳을 찾았을 때 다 좋았는데 그 간판을 보고 조금 실망했다고. 소집과 너무 안 어울리는 간판이라서 좀 의아하기도 했다고. 그 작가는 간판에 얽힌 이야기를 듣고 나서야 비로소 의문점이 풀렸다.

소집 내부의 배치도 아버지와 옥신각신하는 일들이 많았다. 자꾸 무언가를 채워 놓고 싶어 하는 아버지와 달리 나는 단출한 것을 좋아해서 가급적 무언가를 두고 싶어 하지 않는다.

정리를 잘 못하는 성격이라 무언가를 둬서 먼지가 폴폴 쌓이는 것보다 차라리 없는 게 낫다. 소집에 들어서면 바로 오른쪽에 있는 소집 여물통과 멍에, 코뚜레, 털 긁개, 소 사진의 배치는 아버지가 구상한 공간이다. 아버지는 여기가 '소가 살았던 집'이라는 걸 직관적으로 보여주고 싶어 하셨다. 나는 이미 이름으로 충분히 이곳을 표현했다고 여기지만, 아버지는 아니다. 혹여 전시 작품에 방해가 될지 몰라 무언가를 두고 싶지 않았는데 결국 이건 아버지의 의지를 꺾을 수 없었다. 처음엔 개인적으로 싫었지만, 처음 오는 분들에겐 '소집'을 각인시키는 곳이 되어서 이제는 소집 오브제 공간으로 없어서는 안 될 공간이다.

60대 아버지와 30대 딸의 취향이 고루고루 묻어 있는 장소이다 보니, 소집은 찾아오는 분들의 연령대도 딱 한 연령대로 규정지을 수 없다. 한 연령층에 집중하는 것이 운영할 땐 좋을 수 있지만, 나는 아직 폭넓게 만나는 것이 더 좋다. 서로 근무일을 나누어 일을 하다 보니, 서로의 취향을 존중해 주는 분위기도 자연스레 형성되었다.

아버지는 아버지대로, 나는 나대로 관람객을 맞이하는 방식도 다르다. 아버지가 있는 날과 내가 있는 날의 온도 차가 크다. 그건 아버지가 있는 날과 내가 있는 날을 고루고루 찾아주신 분들이 여실히 느낀다.

인사를 나누고 작품에 대해 최소한의 설명을 하고 궁금한 점이 있으면 물어봐달라고 하는 나와는 달리, 아버지는 더 적극적으로 소집을 소개하고, 전시를 안내하고, 사진도 찍어주곤 한다. 그래서인지 소집의 후기는 대부분 아버지가 계신 날에 다녀간 분들의 후기이다. 처음엔 아버지의 투박한 말투에 당혹스러워하다가 그 속에 배인 잔정에 사람들은 소집을 더 오래 기억한다. 아버지 소집지기만의 무기가 된 거다.

요즘은 내가 외부 일정이 더욱 잦아져서 아버지가 지키는 날이 부쩍 늘어나기도 했다. 단체 견학을 오는 분들도 이젠 아버지가 주로 맞이해 주신다. 사람들 앞에서 이야기하는 걸 매우 쑥스러워하는 아버지셨는데 이젠 아버지가 훨씬 더 안내도 잘해주시고 잘 맞이해 주신다. 덕분에 마음 놓고 출장을 갈 수 있게 되었다. 5년 사이 가장 큰 변화이다.

아버지와는 여전히 옥신각신하는 일이 많다. 그래도 전과 달라진 것이 있다면 아버지가 왜 그런 말씀을 하는지 이해가 된다는 점이다. 그전엔 내 마음을 먼저 헤아려달라는 욕심만 컸고, 아버지를 헤아릴 마음의 여유도 없었다. '같이 일을 한 7년의 세월이 꽤 크게 자리를 잡고 있구나' 느낀다. 결국은 함께한 덕분에 지금까지 걸어올 수 있었다고 여실히 느낀다.

소집에 온 가족 여행객 중에 부모님과 성인 자녀분이 온 경우 좀 더 유심히 보게 된다. 그분들은 그냥 온 게 아니라, 아버지와 나의 이야기를 어딘가에서 보거나 듣고 온 경우가 많았다. **'아버지와 딸이 같이 갤러리를 한다고?'** 궁금증을 갖고 온 것이다. 부모님을 모시고 온 자녀도 있었고, 자녀들을 데리고 온 부모님도 있다. 자녀들을 데리고 온 부모님은 내심 자녀와 이런 공간을 함께 하고 싶어 하는 마음을 내비치기도 한다.

"우리도 이런 거 같이 해볼까?"

농담 반 진담 반으로 건네는 이야기를 종종 듣기도 한다. 그런 이야기를 듣다 보니 '아버지와 내가 함께 이렇게 일을 하는 게 정말 큰 행운이구나' 느끼기도 한다.

내 성격상 '아버지와 같이 일을 해야겠다'라는 계획은 절대 못 세웠을 것이다. 어쩌다 함께 시작한 여행이 책으로 묶이고, 그 책은 또 다른 일을 함께하게 하고, 그러면서 공간을 함께 꾸려가는 일까지 이어지게 된 것이다. 한편으론 스물다섯에 결혼해서 청춘을 다 누리지 못한 채로 산 아버지의 원을 지금 함께 풀고 있는 게 아닌가 싶기도 하다. 나도 뒤늦게 찾아온 사춘기를 호되게 겪고 난 후 조금은 홀가분해졌다.

소집을 하면서 돈은 크게 벌지 못하지만, 온전히 내 시간을 번 덕분에 훨씬 더 큰 경험을 하고 있다. 돈 주고도 살 수 없는 경험을 하는 하루하루이기도 하다. 이 시간도 영원하지 않기에 그래서 더없이 소중한 지금이다. 좋은 일과 아픈 일은 동시에 온다고 했다. 좋은 시간, 아픈 시간을 함께하고 있는 지금의 시간. 나는 아버지 덕분에 견딘다고 손 편지로 고백했다. 고향에 돌아와 팔 할이 아버지와 함께 한 시간이다. 훗날 나는 이 시간이 아주 많이 그리울 것이다. 또 가장 행복한 시간이었다고 말할 것을 예감한다.

: 지누아리를 찾아서

만날 사람은 만난다고 했다. 그것이 지누아리로 맺어질 줄이야. 본격적인 이야기에 앞서 지누아리를 처음 들어본 사람들을 위해 잠깐 지누아리에 대한 설명이 필요하겠다. 지누아리는 바다에서 나는 해조류 중 하나다. 홍조식물로 톳과 비슷한 해초다. 지네처럼 생겨서 '지누아리'라고 이름 붙여졌다고 한다. 지누아리는 강릉 사람들에게 각별하다. 그 각별함은 한 질문에서 느낄 수 있다.

"지누아리 먹어봤어?"

강릉 어르신이 강릉으로 이주해 온 청년에게 물은 질문이었다.
모른다고 하자 어르신의 말씀이 이어진다.

"지누아리를 먹어야 진짜 강릉 사람이지."

무엇이든 팀이 <지누아리를 찾아서> 여행을 시작한 계기다. 무엇이든 팀은 무엇이든 해보고 싶은 마음으로 강릉에 사는 사람들이 함께 성장하고 함께 즐겁게 살아가고 싶은 마음으로 모이게 되었다. 나는 활동 초창기엔 소집을 준비하던 시기라 모임에 잘 참석하지 못했다. 그러다 2020년 무엇이든 팀원들 사이에서 '지누아리'가 화두가 되었다. 코로나19로 마음이 침울한 상황 속에서 듣게 된 '지누아리' 이야기는 꽤 흥미로웠고 이야기를 더 듣고 싶어졌다.

지누아리는 낯선 사람과도 어색함을 풀고, 이야기의 물꼬를 터주는 마법의 단어였다. 이야기를 나누면서 공통적으로 듣게 된 건 '지누아리가 많이 귀해졌다'라는 말이다. 예전엔 흔했던 지누아리가 어쩌다 행방이 묘연해진 걸까. 감사하게도 지역문화진흥원의 '2020년 문화가 있는 날 <지역문화우리>' 사업에 선정되면서 여행이 본격적으로 시작되었다.

먼저 지누아리가 밑반찬으로 나오는 오솔길 식당을 찾았다. 팀원 중 일부는 먹어본 적이 있지만, 아직 한 번도 먹어본 적 없는 사람들도 있었기 때문이다. 식당 예약을 한 덕분에 지누아리를 겨우 먹을 수 있었다. 그 흔했던 지누아리가 지금은 구하기 쉽지 않다고 한다. 그래서 찾는 사람들에게만 내놓는 반찬이 되었다.

오랜만에 맛본 지누아리는 그 자체로 바다를 품은 맛이었다. 어린 시절 외할머니 집에서 먹었던 어렴풋한 기억이 선명해졌다. 새콤하면서 오독오독한 식감이 좋았다. 밥 한 공기를 뚝딱했다.

식당 사장님께 지누아리를 어떻게 구하는지 물어보니 중앙시장의 한 건어물 가게를 알려주었다. 며칠 뒤, 그 건어물 가게를 찾았다. '해진상회'. 상호 하나만 아는 게 전부였다. 정확한 위치는 모른 채 시장으로 들어섰다. 시력 좋은 팀원 덕분에 빠르게 가게를 찾을 수 있었다. 사장님은 젊은 사람들이 지누아리를 찾는 것을 의아해하셨다. 지누아리에 대해 여쭤보니 곧바로 이야기보따리를 풀어낸다.

"지누아리가 옛날엔 흔했거든요. 지누아리로 장아찌를 해보니
맛있거든. 이렇게 해서 많이 먹게 됐다고. 근방에선
강릉이 제일 크잖아요. 지금도 80%가 강릉에서 소비가 돼요.
강릉 사람들이 많이 먹어요. 명절 때 되면 딸들이 오고,
며느리도 오고 여기 있는 부모들이 만들어서 갈 때 싸준다고요."

먹을 것이 마땅치 않았던 시절. 지누아리는 흔해서 해 먹기 시작한 음식이었다. 지누아리 반찬은 한번 해놓으면 오래오래 놔둬도 상하지 않아서 많이 먹었던 음식이기도 했다. 하지만 이제는 너무나 귀해진 몸이 되었다.

"장사를 해야 하니 사방으로 전화하죠. 해녀들에게
요즘 좀 나오느냐고 물으면 전혀 안 나온다고. 해녀들이 그래요.
밥 굶어 죽겠다고 해요. 바다에 나는 게 없으니까. 안 나온다고 그래요."

덩달아 마음이 무거워졌다. 지누아리를 사러 오는 분들도 대부분 나이가 많으신 분들이라고 한다. 지누아리를 보기 힘들어지는 것은 물론 지누아리를 기억하는 사람들도 점점 줄어들고 있다는 걸 느꼈다.

마음이 무거웠던 순간이 있는가 하면, 선물 같은 만남의 순간도 있었다. 바로 박옥자 해녀를 만난 날이다. 그를 만나기 전까지 무엇이든 팀원들 모두 강릉에 해녀가 있다는 걸 몰랐다. 건어물 가게 사장님을 통해 해녀들이 지누아리를 채취한다는 걸 알게 되었다. 중앙시장에도 지누아리를 채취해서 판매하는 해녀가 있다는 걸 알려주셨다. 바로 찾아가 보았다. 정확한 위치를 몰라서 중앙시장 골목골목을 헤맸다. 그러던 중 한창 분주히 미역을 손질하는 한 사람을 발견했다. 조심스럽게 그에게 다가가 말을 걸었다.

"손이 바쁘지, 입이 바쁘나. 입으로 떠드는 건 괜찮아요."

호쾌한 그의 한 마디에 금세 반했다. 그는 칠십 평생 강릉 금진해변에서 나고 자란 토박이다. 금진해변에 딱 두 명의 해녀가 있는데 그중 한 분이라고 한다. 정말 귀한 분을 만났다. 지누아리의 안부를 물었다.

"옛날엔 많이 돋았는데. 물 변화로 잘 안 돋아. 물이 뜨시잖아. 바다풀은 물이 차가워야 해. 눈도 오고 얼고 녹아야 나물이 잘 돋거든. 올겨울이 뜨셨잖아. 돋질 않아서 없어. 그러니 귀하지."

누구보다 여실히 바다의 변화를 체감하는 사람이었다. 지누아리뿐 아니라 바다에 나는 모든 게 귀해졌다고 한다. 날 좋은 날이면 어김없이 들어가 하루 3~4시간씩 물질을 하신다고 한다. 아픈 두 아들을 위해 생업으로 장사를 한 지도 어느덧 20년이 되었다고 한다. 최근에 찾아갔던 날에도 분주히 멍게를 손질하고 있으셨다. 그날은 물질을 하다가 손가락을 다치셨다고 한다. 병원에 가셔야 하지 않냐고 물으니 이 정도로는 병원 갈 일도 아니라 말씀하신다. 묵직한 삶을 덤덤하게 풀어내는 그였다.

묵직한 삶을 살아온 또 한 명의 해녀를 만났다. 한순복 해녀다. 그를 만나기까지 여러 번 허탕을 치기도 했다. 드디어 처음 만난 날, 감격 그 자체였다. 40여 년 바다를 삶의 터전으로 살아온 그를 만났다. 그는 결혼 후 바다 곁에 살면서 물질을 시작했다고 한다. 시간을 이겨나가며 바다를 알아갔다.

이제는 바다가 삶의 전부가 되었다. 파도가 센 날과 비가 오는 날을 제외하고 매일 바다에 들어간다고 한다. 이전에 만난 박옥자 해녀 이야기를 전하니 그분을 잘 안다고 한다. 자신도 시장에 나가 지누아리를 판매한다고 했다. 그 이야기를 듣고 곧바로 명남 님이 물었다.

"혹시 사계절 미용실 앞에서 파는 분인가요?"

그렇다고 답하는 그. 중앙시장에서 지누아리를 판매하는 두 명의 해녀가 있다고 들었는데, 다른 한 분이 바로 한순복 해녀였다. 몇 차례 시장을 찾아갔지만 도통 만날 수 없었던 사람이 지금 우리 앞에 있다. 결국 만날 사람은 만난다. 명남 님 어머니와 외숙모가 그의 단골손님이었다. 명남 님은 혹시나 해서 그에게 어머니 사진을 보여드렸다.

"어머 야라. 이분이네. 물 지누아리 사는 아주머니다."

단번에 알아보셨다. 30년 넘게 시장에서 지누아리를 팔면서 얼마나 많은 사람을 만났을까. 그러면서도 어느 한 사람 소홀함 없이 선명히 기억하는 그였다.

지누아리는 민물과 바닷물이 만나는 곳에 자라기도 하지만 바닷속 바위에도 자란다고 한다. 그는 보통 바다에 들어가 지누아리를 채취하고 있다.

"(지누아리 작업하는 거) 보면 지누아리 비싸단 소리 못해요.
뜯어온 거 보면 저런 걸 어떻게 먹나 하지. 다 선별해야지.
물속에서도 풀 골라내서 담는데도, 집에 가져오면 엉망이야.
다 손질해서 말리는데. 다듬을 때 아주 기절할 정도야."

그의 고단함을 고스란히 느낄 수 있었다. 바닷속에서 자라는 지누아리는 해녀만이 할 수 있는 일이었다. 지누아리를 채취해서 손질해서 파는 일까지. 일흔을 넘긴 나이에도 손을 놓지 못하는 이유는 단 하나. '단골손님들을 위해서'였다. 우리가 찾아간 날에도 단골손님의 전화가 왔다. 그를 만나고 돌아오는 길. 지누아리에 관한 생각이 더 애틋해졌다.

지누아리를 알아가면 알아갈수록 지누아리를 너무 모르고 있다는 생각이 들었다. 강릉원주대 해양자원육성학과 김형근 교수님을 만났다. 지누아리가 궁금하다며 찾아온 시민들은 우리가 처음이라고 했다. 그는 30여 년 전 강릉으로 왔다.

'강릉 사람들이 지누아리를 좋아하니까, 해양환경을 연구한다면 지누아리를 연구하는 게 좋겠다'는 주변 분의 권유로 지누아리와 인연이 되었다고 한다. 지누아리의 습성부터, 지누아리와 관련한 연구, 나아가 바다 이야기까지 한 번의 만남 속에서 이야기 바다에 풍덩 빠지는 시간이었다. 바다에 식물이 점점 사라지고 있음을 체감하는 그였다. 기후가 엄청나게 바뀌고 있다고도 말했다. 자원은 줄어들고 있는데, 어떻게 회복시켜야 할까. 그는 지금도 제자들과 함께 지누아리를 오래 지켜나가기 위해 연구하고 있다. '지누아리를 알면, 바다를 지킬 수 있다'라는 말씀이 마음에 맴돌았다.

"어릴 적 바다에서 딴 기억이 납니다."
"고추장에 박은 맛있는 지누아리 생각하면
가끔 먹고 싶고 엄마가 그리워진다."
"돌아가신 아버지가 좋아하셔서
철마다 밥상에 올라왔던 기억이 있어요."
"엄마가 몸에 좋은 음식이라며 자주 무쳐주셨다."
"어렸을 때 외가댁에 가면 종종 먹었어요.
외할머니가 돌아가시고 나선 먹기 힘들어졌어요."
"엄마가 도시락 반찬으로 많이 싸 주셨습니다."
"간장이 흘러나와 도시락 싼 수건과 책에
묻어나서 곤혹스러웠던 기억."

"이젠 엄마가 생각나는 지누아리."

"경포해수욕장 갈 때는 꼭 가지고 갔답니다."

"어릴 적엔 지누아리를 씹을 때 나는
바다 냄새와 약간 떫은맛이 싫었는데,
이제 나이를 먹으니 그 바다 냄새가 좋네요."

지누아리에 대한 설문조사를 했을 때, 지누아리 추억담의 일부다. 지누아리는 그리움의 단어였다. 돌아가신 할머니를, 어머니를, 아버지를 떠올리게 했다.

<지누아리를 찾아서> 프로젝트를 하면서 지누아리는 생각보다 품고 있는 것이 큰 단어라는 걸 알았다. 함께 여행한 무엇이든 팀원은 노래로, 글로, 그림으로, 요리로, 저마다의 방식으로 지누아리를 풀어냈다. 지누아리 이야기를 풀어내는 전시회가 2020년 11월과 2021년 11월에 소집에서 열렸다. 그 전시회로 많은 사람을 만났다. 어린아이부터 동네 어르신까지 노래를 듣고, 따라 부르고, 이야기를 나누면서 함께 지누아리를 새로이 여행했다.

'지누아리'로 꼬리에 꼬리를 물며 사람과 사람을 만나는 여행은 그 자체로 선물이었다. 별것 없는 이야기라고 하면서 풀어낸 이야기는 어디에서도 들을 수 없는 이야기였다.

지누아리를 알게 되니 우리가 사는 강릉이 다시 보였다.

'무엇이든, 그리고 어디서든'

무엇이든 팀은 혼자 하면 어렵지만 함께 하면 '무엇이든' 해볼 수 있는 용기를 서로과 서로에게 주었다. 그렇게 지난 3년 동안 함께 '지누아리'를 찾아 나서는 여정을 함께하며 이야기를 쌓아갔다.

2020년 봄에 시작된 여행은 함께 지누아리를 먹고, 지누아리를 채취하는 해녀 선생님을 만나고, 지누아리를 연구하는 교수님을 만나고, 지누아리 추억을 풀어내는 사람들을 만나며 계절을 지나 왔다.

2021년 봄. 밖에서 밖으로 뻗어 나갔던 여행에서 안에서 안으로 들여다보는 여행으로 각자의 지누아리를 찾아보는 여행을 했다. 그리고 가을과 겨울 사이에서 함께 모여 서로의 지누아리를 여행하는 시간을 가졌다.

2022년 다시 찾아온 봄. 지누아리 여정을 함께 할 '어디서든' 멤버를 찾았다. 너랑 나랑 지누아리'랑'浪 프로젝트는 그렇게 시작되었다. 무엇이든 활동을 흥미롭게 느꼈던 분, 지역에서 뭔가 해보고 싶은데 선뜻 용기가 나지 않았던 분, 숨어있는 이야기를 찾는 즐거움을 느껴보고 싶은 분, 길을 헤매는 것도 기꺼이 즐길 수 있는 분, 20대부터 60대까지 나이의 경계를 허물고 함께 이야기를 그려갈 7명의 어디서든 멤버들을 만났다. 봄과 여름 사이에 처음 만났던 날의 설렘이 여전히 마음에 머물러 있다.

지난 여정이 그랬듯이 우리들은 여러 번 길을 헤맸다. 사이사이 어려운 순간순간을 마주하기도 했다. 그럴 때마다 서로에게 힘이 되어주면서 이겨 나갈 수 있었다. 서로를 알아가는 시간이 되었고, 그러면서 추억할 것이 많은 여정이기도 했다.

혼자 하면 어렵지만 함께 하면 '무엇이든','어디서든' 할 수 있는 용기를 주는 사람들. 그들 덕분에 또 모험을 떠날 힘을 얻는다. 길을 잃어도 괜찮다. 또 다른 길을 만들어 낼 우리들이기에. 올해는 함께 또 어떤 여행을 하게 될지 기대가 된다.

지누아리

작사 고기은 | **작곡** 손명남

강릉 사람이냐고 묻는 대신

지누아리 먹어봤냐고 묻는다

보고 싶다는 말 대신

할머니가 해주시던

지누아리가 먹고 싶다고 말한다

그립다는 말 대신

아버지가 좋아하던

지누아리 반찬이라고 말한다

사랑한다는 말 대신

딸과 손자를 위해

지누아리를 따오신다

건강하라는 말 대신

명절 때마다 지누아리 장아찌를 싸주신다

지누아리는

강릉 사람들에게

그러했고 그러하다

*시에서 노래가 된 〈지누아리〉는 음원 사이트 또는 유튜브에서 '무엇이든 지누아리'를 검색하면 들어보실 수 있습니다.

너 와 내가 마주친, 그곳

"

솔직히 저는 그림을 잘 못 그리는

사람이라고 말하는 사람이었습니다.

배워본 적 없는 그림이지만

길을 가다 눈에 띄는 골목이나

예쁜 건물 풍경을 보면 그냥 그려보고 싶었습니다.

그래서 '나도 그려볼까?' 이런 마음으로

49세에 미술학원에 등록해

처음 연필로 선을 그어보았습니다.

"

- 박경희 작가

박경희 작가가 <너와 내가 마주친, 그곳>

전시를 앞두고 건넨 전시 소개 글이다.

"처음 등록했을 때 학원 선생님이랑 맨날 얘기하면서
그림 그릴 때 '선생님 나 60살 환갑잔치 때 전시할 거예요!'
그렇게 장난삼아 맨날 그랬거든요. 근데 이게 3년 만에.
우리 학원 선생님도 자기도 너무 울컥한다는 거예요."

소집의 전시가 바뀔 때마다 틈틈이 찾아주던 박경희 작가는 2022년 8월 18일 생애 첫 전시를 열며 전시 작가로 소집을 마주했다. 언젠가 첫 전시를 한다면 꼭 소집에서 하고 싶었다고 한다. <모리의 정원>이라는 영화에서 주인공 모리의 '못 그린 그림도 작품이다'라는 대사에서 전시할 수 있는 용기를 얻었다고 한다.

전시 세팅을 하던 날, 박경희 작가는 작품들을 펼쳐 놓다가 이내 울컥하는 마음에 눈물을 흘렸다. 그림 속에 이야기들이 지금 다시 들리는 것 같다고도 했다. 아기를 낳는 심정으로 한 작품 한 작품을 낳았다고 한다. 여기저기 아픈 데가 많은 사람이라 선 하나 긋고 쉼 하고, 나무 하나 그리고 쉼 하고, 꽃잎 한 장 그리고 쉬면서 그림들을 완성해 나갔다고 한다. 좋아하는 장소를 계절이 바뀔 때마다 찾아간 애틋한 마음도 고스란히 읽혔다. 그렇게 그려나간 마흔네 점의 작품을 소집에 풀어냈다. 그러한 작품들은 어떤 날의 추억을 불러일으키며 그리움을 데려오기도 했다.

"제가 또 잊지 못하는 건 8월 18일 오후 1시 오픈할 때
이 문을 딱 열고 들어왔는데 그때 여기서 쏟아지는 햇살이
제 작품에 비치면서 뭔가 빛이 탁 나는 거예요.
그래서 그 순간이 정말 행복했어요. 내 작품이 더 예뻐 보이더라고요.
그냥 자화자찬이 아니라 그냥 그림들이 다 빛이 나는 느낌이었어요.
짧지만 그 순간이 나는 잊혀 지지 않아요."

그렇게 박경희 작가는 전시가 열리는 동안 그 순간을 오래오래 기억하고 싶어서 거의 매일매일 소집에 출근하기도 했다. 소집으로 오는 출근길에 건너는 공항 다리에서 차창 밖으로 보이는 산과 하늘의 풍경들, 흐린 날의 운무, 소집으로 향하는 골목길에 만나는 강아지 백구들, 감자전 냄새, 짬뽕집의 음악마저 다 좋았다고 한다. 작가의 관람객을 맞이하는 다정한 마음도 고스란히 느끼는 시간이었다.

전시를 열기 1년 전의 봄. 어느 날 박경희 작가는 비가 온 후의 소집 풍경을 담은 그림 한 점을 내게 전해주었다. 몹시 고단했던 그날에 그가 건넨 그림 한 장이 큰 위로가 되었다. 그 이야기를 들은 작가는 '나도 누군가에게 그림으로 위로를 줄 수 있구나!' 생각했다고 한다. 언젠가 전시를 열면 꼭 소집에서 열어야지 마음먹었다고 한다. 나 역시도 그때 꼭 같이 열면 좋겠다고 했는데, 이렇게 함께 꿈을

이룬 전시라서 꿈만 같았다. 가끔 '이걸 내가 왜 하고 있지?'라는 생각이 들 때가 있다. 그럴 때 이 공간에서 꿈을 키운 이야기를 들으며 '이런 공간을 열어줘서 정말 고맙다'라는 작가들의 말 한마디가 마음을 울리기도 한다. 이 공간을 해야만 하는 이유를 다시금 깨닫는 순간이다.

박경희 작가의 전시회가 열리는 동안 방명록엔 글 선물이 가득가득 담기기도 했다. 우리가 살아가면서 정말 생각지 않은 어떤 순간을 만났을 때 사람의 인생을 바꿔주는 어떤 계기도 되는데 박경희 작가의 전시를 보러 온 분 중에 또 그런 분이 계시진 않을까 싶다.

"제가 방명록에 기억에 남는 건 일단 우리 친정어머니랑 시어머니.
'나이 많은 내가 네가 부럽구나'.
우리 어머님처럼 내가 이렇게 하는 게 부러운 분도 있고.
그리고 '자기 아내가 그림을 그린다'라면서 작품을 산 분이 있는데.
아내의 꿈을 이루어 주고 싶은 남편의 따뜻한 마음. 정말 감동이었는데.
저 살구나무, 제가 특히 애정을 갖고 그렸거든요.
문이 열려 있는 대문이 요즘에는 흔치 않잖아요.
'햇살이 쫙 내리비쳤던 집'이거든요. 부부가 꼭 꿈을 이뤘으면 좋겠어요."

나 역시 박경희 작가의 어머님과 시어머님이 찾아와 딸의 그림을, 며느리의 그림을 한참 동안 바라보다가 방명록에 글을 남기는 뒷모습에 괜스레 뭉클했다. 그리고 또 누군가에게 꿈을 심어주고, 용기를 주는 작가의 모습도 참 아름다웠다. 그렇게 박경희 작가는 한 분 한 분과 나눈 이야기에서, 한 분 한 분이 남겨 놓은 글 선물에서 다음을 준비할 힘을 얻기도 했다.

"이렇게 도전하는 거 되게 좋아해요.
다음에 또 뭘 할까 막 이런 거 생각하니까 너무 설레고.
제가 우리 친구들한테도 얘기했어요.
'미안해, 내가 너무 사건 사고를 많이 일으켜서 참 힘들겠다'
그런 얘기도 했었어요. 덕분에 참 새로운 경험을 많이 한다고.
친구들끼리 '자랑스럽다, 멋있다, 역시 너야!' 이런 얘기해 주는데
제가 그런 걸 좋아하나 봐요. '애들이 나보고 너는 늙지 않겠다'
그러더라고. 몸만 늙어 마음은 안 늙고. 할머니들이 그러잖아요.
마음은 이팔청춘인데. 그 말이 뭔 뜻인지 요즘에 좀 알겠어요."

그는 요즘도 변함없이 틈틈이 걷는 곳곳의 풍경들을 사진으로 담고 있다고 한다. 건강이 허락하는 한 오래오래 그림을 그리고 싶다고 한다. 그가 오래오래 풍경에 말을 걸며 이야기를 담은 그림을 그려 나가길 소망한다.

그럼에도 불구하고 소집을 하는 이유

“

저는 단호하게 소는 '돈'이 키운다고

말씀을 드리고 싶습니다.

”

- 이선철 문화기획자 & 멘토

<소(所)는 누가 키우나> 영상 프로젝트를 제작하며, '소는 과연 누가 키우는 걸까요?'라는 질문을 건넸을 때 많은 분이 답해주셨다. 그중에 가장 단호하면서도 현실적인 답을 해준 분은 이선철 멘토님이셨다. 맞다. 공간을 운영하는 데 있어 돈에서 벗어날 순 없다.

냉정하게 비즈니스 모델로만 보면 소집의 운영 방식은 말이 안 되는 공간이다. 그래서 지금까지 안 망하고 하는 걸 신기해하는 분들도 많다. 소집을 하고 2년쯤 지났을 무렵 어떤 분도 그러셨다. 1년이 못 가 망할 줄 알았다고.

코로나19까지 예상치 못한 위기 속에 잘 되던 공간들도 줄줄이 폐업하고, 서울의 내로라하는 갤러리들도 문을 닫는 마당에 이렇게 버틴 게 용하다고. 사실 그 말을 들었을 때 좀 불쾌하기도 했지만, 한편으론 꿋꿋이 버틴 것이 새삼 대단하게 느껴졌다.

가끔 그런 분들도 있다. 전시가 끊이지 않고 열리다 보니 기관이 운영하는 공간인 줄 알았다고. 개인이 운영하고 있다는 걸 알면 깜짝 놀라기도 한다. '원래 좀 부유한 집인가?' 하는 분도 있었다. 작품이 많이 팔리는 것도 아니고, 커피, 미숫가루, 차를 파는 카페라고는 하지만 그렇게 많이 팔리는 것 같지도 않은데 대체 무엇으로 수익이 나는 거냐고 묻는다. 회사를 그만두겠다고 상사에게 이야기했던 날에도 상사는 나에게 회사 나가면 '뭘 해서 먹고 살 거냐?' 고 묻기도 했다. 나에겐 늘 꼬리표처럼 따라다니는 질문이다.

돈을 좇아 사는 삶이었다면 고향에 돌아올 일도 없었을 것이다. 훨씬 돈을 많이 주는 곳으로 이직했거나 돈을 많이 벌 수 있는 일을 했을 것이다. 돈을 중요하게 생각하지 않는 건 아니지만, 돈만을 중요하게 여기는 삶은 살고 싶진 않다.

'언젠가'를 꿈꾸다 이루지 못한 채 돌아가신 분들이 있었다. 열심히 살아온 죄밖에 없는 사람들이 하나둘 떠났을 때 한 가지 뼈저리게 느낀 건, '언젠가'는 없다는 거다. 하고 싶은 게 있으면 지금 해야 한다는 걸 깨달았다. 내일이 어떻게 될지 모르기에.

퇴사 후 홀로 떠난 두 달간의 여행에서도 그랬다. 마흔 살에 연극 공부를 하기 위해 유학 온 언니를 만나고, 3년의 세계 여행 계획을 잡고 1년째 여행 중인 분을 만나고, 그렇게 여행길에서 만난 사람들은 책에서는 배울 수 없는 인생을 가르쳐 주었다. 그동안 뭔가 마음에 꽉 막혀 있던 게 풀리는 여행이었다.

그 여행 이후 삶을 대하는 자세가 좀 달라졌다. 일단 해보고 싶은 건 하며 살자고. 다시 돌아온 고향에서도 안 해본 것들을 다 해보고 있다. 안 하고 후회하는 것보다 하고 후회하자는 쪽이기도 하다. 그래서 좀 무모하다. 공간을 할 수 있는 용기를 낸 건 이런 마음 덕분이다.

공간을 하고부터 나를 좀 더 냉정하게 보는 눈이 길러졌다. 객관적으로 나는 공간 경영자로서의 마인드는 빵점이다. 너무 현실 감각이 없는 것 같아서 균형감을 잡기 위해 대학원에 진학해 문화예술 경영 공부를 시작했다. 공부한다고 해서 가치관을 바꿀 수 있는 건 아니라는 걸 알았다. 다만, 경영자적 관점을 이해하는 마음은 좀 길러진 것 같다.

"정말 공간이라는 거는 나를 너무 괴롭히기도 하고
나한테 진짜 힘을 많이 주기도 하는 것 같아."

– 이혜진 사진작가 & 사진 작업실, 들꽃 대표

이혜진 작가와 함께 전시를 준비하던 때에 많은 이야기를 나누었다. 벌써 서로를 안 지도 8년이 다 되어간다며, 이렇게 버틴 게 참 신기하기도 했다. 비슷한 시기에 고향으로 돌아와서인지 위기를 겪는 때도 비슷하고, 단계적 고민도 같아서인지 한마디를 하면 열 마디를 읽어주는 사람이기도 하다.

이혜진 작가도 이제야 비로소 지역에 발을 붙인 것 같다고 한다. '이게 이렇게나 시간이 걸리는 일이구나'를 알게 되었다고. 그러한 과정을 이겨나간 시간이 힘이 된다는 것에 격하게 공감한다. 이혜진 작가의 말처럼, 공간은 정말 나를 괴롭히기도 하지만, 훨씬 더 많이 힘을 주기도 한다. 공간을 한 덕분에 생각지 않은 경험을 하고, 또 새로운 일을 할 수 있고, 그걸 해내는 성취감이 정말 크다. '내가 이런 것도 할 수 있는 사람이구나' 알게 되는 것은 돈 주고도 알 수 없는 경험이다. 아직 큰돈을 버는 건 아니지만, 좋아하는 일을 하며 돈을 벌 수 있는 삶인 것도 정말 감사하다. 다양한 사람들을 만나는 것 또한 그렇다.

오랜만에 선미화 작가와 최지훈 작가의 공간인 평창 미지하우스에 초대받아 이혜진 작가, 마혜련 작가와 함께 다녀왔다. 모두가 소집에서 한 번씩 전시를 연 공통점이 있기도 해서 소집이 어떤 공간으로 기억되는지 물어보기도 했다. 모두가 입을 모아 이야기한 것은 '편안하다'였다.

"저는 우선 소집에서 전시하는 데 부담이 없었어요.
진짜로 이곳을 방문해 주는 사람들 자체가 굉장히 열린 마음이고,
호의적인 마음이고, 따뜻한 마음인 사람들이 많아요.
그래서 지훈 씨한테도 전시를 추천했던 것 같아요."

- 선미화 작가

지금까지도 소집이 계속 이야기를 쌓아갈 수 있는 것엔 작가의 공이 크다. 작가가 전시해야 살아있는 공간이기에 무엇보다 작가들이 편안해해야 하는 공간이어야 한다. 시각 예술 전공자도 아니고, 갤러리를 해본 경험도 없는 사람이 무턱대고 이런 공간을 한다고 했을 때 지지해 준 사람들도 협업하며 알게 된 작가들이었다. 쓸쓸했던 공간은 그렇게 작가의 고심이 담긴 작품으로, 또 그 작품을 품어주는 사람들 덕분에 온기를 되찾아 숨을 쉬고 있다. 그럼에도 불구하고 소집을 하는 이유이다.

: 고향여행자

회사 다녔을 때나 지금이나 불안한 건 마찬가지다. 앞에 보이는 불안에 쫓아가기 바빠 나를 잃었다면, 지금은 앞에 보이지 않는 불안이 나를 키우는 것 같다. 소집은 여전히 돈을 잘 버는 공간은 아니지만, 돈으로는 살 수 없는 것을 경험하고 있다. 귀한 만남 속에 이야기를 쌓아가며 공간을 지켜가고 있다.

나는 결과보다는 과정을 경험하는 것이 좋아서 그 경험이 지금까지 이어진 덕분에 고향에서 8년째 살아가고 있는지도 모른다. 고향으로 돌아오지 않았더라면, 그저 태어났으니 살았던 강릉으로만 기억되었을 것이다. 당연했던 것들이 당연하지 않으면서 다시 느끼고 새로이 느끼고 있다. 지역에서 고군분투하는 청년들이 전보다 많아졌다. 부디 따끔한 충고보다는 다정한 말을 건네는 사람들이 많아지길 바란다. 너그러운 마음으로 많은 지지와 응원을 해주셨으면 좋겠다.

최근에 한 작가가 내게 물었다. 어떻게 지치지 않고 이 일을 하고 있냐고. 이 일이 나는 여전히 재미있기 때문이다. 내가 제일 두려운 것은 재미를 잃는 것이고, 하고 싶은 것이 없는 삶이다. 만약, 또 다른 재미있는 일을 찾게 된다면 그 일에 도전할지도 모르겠다.

'나는 내 판타지에 살고 있다'라는 예술가 요나스 메카스의 말처럼, 나도 고향에서 내 판타지에 살고 있는지도 모르겠다. 드라마를 쓰겠다며, 스물아홉 살에 호기롭게 회사를 관두었던 나는 드라마 교육원을 다니며 점점 위축되었고, 드라마 작가의 꿈과 멀어졌다.

'길을 잃으세요.'

여행 글쓰기 수업에서 선생님의 한 마디가 다시 걸어 나갈 힘을 주었다. 그러다 강릉에 이르렀다. 고향을 떠난 지 10년 만에 다시 자발적으로 돌아와 8년째 살아가고 있다. 아직은 '정착'이라는 말이 무거워 자칭 '고향여행자'로 살고 있다. 여행지에서 새로운 사람을 만나고, 낯선 풍경을 담는 시간을 좋아해서 강릉에서도 그렇게 살고 싶었다. 온전히 그렇게 살긴 어렵지만, 그래도 절반 이상은 그러한 바람대로 살고 있다. 언제라도 떠날 수 있는 곳이라 생각하면 조금은 마음이 가벼워진다. '지금 할 수 있을 때, 재밌게 충실히 하자'는 마음이 들기도 한다.

소집을 꾸려가는 일뿐 아니라, 마음 맞는 사람들과 함께 사라져가는 것을 기억하고, 지켜져야 할 이야기를 수집하는 일, 경험을 나누는 일을 하며 살고 있다. 단짝 친구는 말한다.

'드라마를 쓰겠다더니, 드라마처럼 살고 있다고.'

인생이란 알 수 없고 또 유한하기에, 언젠가 다시 또 어디론가 떠나는 날이 올 때 후회를 남기고 싶지 않기도 하다. 후회를 남기지 않기 위해 이곳에서 하고 싶은 건 다 해볼 작정이다. 이 시간이 유한해서 더 절실해지는 하루하루다. 그런 하루하루를 살아가는 데 있어 소는 결코 혼자 키워갈 수 없다. 그동안 함께 키워준 사람들이 있어서 나아갈 수 있었다. 앞으로도 허락된 날들 동안 함께 무럭무럭 키워가고 싶다.

멈춰있던 공간이 다시 쓰임이 있는 공간으로 재생되었듯이, 무언가 잊어버린 꿈 혹은 잃어버린 꿈이 소집에서 다시 재생되기를 바란다. 오늘도 소집은 당신의 꿈을 소집한다.

소집을 돌아, 봄

소집을 소집으로

한때 소를 키웠던 공간은 소들이 떠나며 잠에 들었습니다.

2018년 여름과 가을 사이, 공간을 처음 만났습니다.

여섯 번째 기둥에 걸린 '멍에'를 보는 순간, '여기다!' 싶었습니다.

겨울에 공사가 시작되며 공간은 기나긴 잠에서 깨어났습니다.

그리고 2019년 봄,

이야기를 키워가는 공간 '소집'으로 첫 문을 열었습니다.

소집의 첫 전시는 고종환 작가의

<첫인사, 병산동 마을 풍경 그리고 사람> 사진전입니다.

첫날 축하해 주러 오신 마을 어르신들은

'누구네 집이네, 누구 엄마네' 하며, 전시를 함께 관람해 주셨습니다.

*사진 제공 : 김영남

소집으로 소집

2019년 4월 24일부터
지금까지 55번의 전시를 열며
채우고 비우고를 반복하였습니다.
품은 이야기를
풀어내는 사람을 만나고,
풀어낸 이야기를
품는 사람들을 만나며
함께 이야기를 쌓아갔습니다.

휴식(Rest), 백지현 作

《Maybe we're 어쩌면 우린》 전시회

묵호에서, 장지수 作

《바다를 바라보며 생각한 것들》 전시회

박경희 작가의 《너와 내가 마주친, 그곳》 전시회

모찌냥의 하루, 전종선 作
《제1회 소집 아트페어 2부
: 새로 만나는 작가들》 전시회

웃냥이와 우냥이, 고은정 作
《여행의 선물 with 베프루프》 전시회

할아버지의
일기장이었던 달력,
故 고영근 作
《못 잊어 생각이 나겠지요》
전시회

2021년 10월, 가을날 소집 마당에서 열린
예술가의 놀이터 《놀아보소, 놀러오소!》 공연.

2019년 11월에 열린 <마음소행> 소집 로컬투어.
강릉 어머니들과 함께한 여행의 시간, '차 한 잔, 마음산책' 프로그램.

2023년 12월. 소집을 한 지 5년 만에 첫 아트페어를 열었습니다.
<제1회 소집 아트페어 : 1부 다시 만나는 작가들> 오프닝 담소 토크에서
초코와 루시 팀은 멋진 공연과 함께 깜짝 노래 선물을 전해주었습니다.
크리스마스 주말엔 좋아하는 사람들과 함께
박연희 가야금 연주가의 근사한 연주를 듣는 행복한 저녁이었습니다.

2024년 1월. 김성광 뮤지션의 탱크 드럼 & 피아노 연주,
김미아, 김준기, 심대섭, 심혜진, 전종선 작가와의 대화,
김나연 그로티 대표의 근사한 케이터링, 소집을 사랑하는 분들 덕분에
<제1회 소집 아트페어 : 2부 새로 만나는 작가들>을 힘차게 시작했습니다.
그리고 김석기 작가의 <라이브 펜드로잉 퍼포먼스>에서
완성되어 가는 '청룡'을 바라보며 올해를 잘 이어갈 힘을 얻었습니다.

아버지와 딸 소집지기

20년 가까이 세상의 풍경을 전하던
아버지는 은퇴 후, 마음에 머무는
풍경을 카메라에 담고 있습니다.
그리고 소집에 출근하면
사람을 여행하는 소집지기가 됩니다.

*사진 제공 : 고종환

*사진 제공 : 김영남

*사진 제공 : 심대섭

여행하며 글을 쓰는 딸.

사람을 찾는 여행자에서, 사람을 맞이하는 여행자가 되어 소집을 지킵니다.

소집 문지기

초담이

초담이를 처음 만난 건 진주 작가의 <취미는 그림> 전시 때입니다.
진주 작가는 반려묘인 초코를 닮은 아이라서
'초담이'라는 이름을 지어주었습니다.
전시가 끝난 후로도 초담이는 매일 소집에 출근하더라고요.
밥을 먹고 나서도 한참을 문 앞에서 머물다 갑니다.
문지기가 된 초담이는 어느새 소집의 마스코트가 되었습니다.

전시 준비는 잘하고 있는지 관리 감독을 하기도 하고,
새로 전시가 열릴 때마다 첫 번째 관람객이 되기도 합니다.
소집을 함께 지켜주는 고마운 녀석입니다.

글 선물

소소한 일상에서 내가 좋아하는 것을 할 때
행복을 느낍니다. 우연히 블로그에서 보고
소집 이곳을 꼭 오고 싶었어요.
처럼 아늑한 공간, 따뜻한 음악에
그동안의 고단함들이 녹는 것 같아요.
소집 딸이었는데, 이곳을 밟으니 우사에서
어릴적 뛰놀았던 것이 떠올라요. ^^ 잘 다녀갑니다.

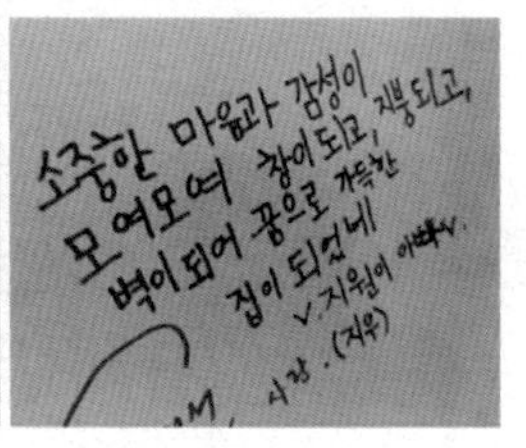
소중한 마음과 감성이
모여모여 창이 되고, 지붕되고,
벽이 되어 꿈으로 가득한
집이 되었네
✓.지원이 아빠.
사장.(지우)

글을 쓰는 사람은 글 선물에 약합니다.

마음이 울던 날,

당신의 글이 마음을 안아주었습니다.

-사랑하는 기운이 이모에게!-
기운이이모 만난지 2년넘어 게되네요♡
너무오랜만에만나서 얼굴도기억이안나
지만 예쁜 기운이이모를 만나서너무즐겁고
신이나요♫ 사랑합니다. 이모
-나은올림-

제 동네에도 이런 공간이 있다면
얼마나 좋을까요!
따뜻하고 작은 공간에 전시된 그림들이 주는 인상이
서울의 많은 미술관보다 더 특별하고 애틋하네요
다음 강릉 여행에도 이 곳에 와서
빨간 우체통에 넣은 작가님 그림을 볼 수 있기를...
소집지기님들 감사합니다♡
-yebineee

계절을 느끼는 시간

해가 긴 것도, 더운 것도 너무 싫은데

이 풍경은 여름이 제일 예뻐서

마냥 미워할 수 없는 계절이 되었습니다.

비 오는 날, 툇마루에 앉아 감자적에 막걸리를 마시며

좋아하는 풍경을 한참 동안 바라보곤 합니다.

때때로 어떤 날엔
고양이가 되고 싶기도 합니다.

별을 품은 능소화를 발견하기도 하고,
매화를 보며 고결한 마음을 배웁니다.
그렇게 피고 지는 꽃들에서
계절과 안녕합니다.

2019년 첫해를 떠나보내며

 # 2019. 12. 31.

252일의 날들 소집

: 20190424-20191231

252일의 날들

보고 싶은 사람들이 다녀갔고

보고 싶을 사람들이 다녀갔습니다.

수국, 할미꽃, 석류나무,

능소화, 백일홍, 부추꽃,

모과나무, 감나무

계절이 다녀갔습니다.

8번의 전시

22번의 문화나들이

6번의 한 번 더 해피앤딩 여행

함께 추억하는 날들을

선물 받았습니다.

이야기 나누며
따뜻한 마음을 배우고
이야기 두루마리에 남겨주신
글에 웃으며
언젠가 다시 만날 날을 그렸습니다.

바닥을 쓰는 빗자루질 소리에서
화단에 물을 주는 소리에서
하모니카 연주에서
아버지의 사랑을 들었습니다.

덕분에 252일 동안
소집은 안녕했습니다.

2020년에도
소집에서 함께하는 행복을
더 많이 그려가겠습니다.
마음을 쓰며 지키겠습니다.
감사하고 감사합니다.

소집 1주년을 돌아, 봄

2020. 4. 24.

소집

여행하는 네가
공간에 묶여서 괜찮을까
한 편의 우려가 있었고
이 또한 여행이라고
한 편의 격려가 있었다
그 사이에서
소집의 문이 열렸다
소집지기가 되었다

일곱 개의 기둥이
과거와 오늘을 잇는다
기둥과 기둥 사이에서
이야기가 쌓여 간다
시간이 여물어간다

채광창 너머로 마주하는
하늘과 눈맞춤을 하고
꽃들과 바람의 붓칠로 그려진
오늘의 계절을 마주한다

소의 외로운 뒷모습을
마주하던 벽은
우아한 작품과
입맞춤을 하는 벽이 되었다
오늘도 햇살과 다정하게 포옹한다

더 멀리 멀리로 발걸음이 향하던 나는
더 가까이 가까이로
여행하는 발걸음을 배우고 있다
소집에서 소집으로

소집 2주년을 돌아. 봄

2021. 4. 24.

너에게

오늘
문득 고백하고 싶은 날이야

기억나?
우리 여름비 내리던 날 처음 만났었잖아
붉게 핀 배롱꽃 너머로 보이는 너
반한 순간이었어
문을 열고 들어가
너의 잠자고 있는 시간을 깨웠지
쓸쓸한 시간을 견뎌낸 너에게
따뜻한 시간을 선물하고 싶었어

첫인사
默(묵)
여행의 선물 with 베프루프
사는 게 참 꽃 같네

세 번째 스물, 세 개의 시선

따뜻하거나 차갑거나

그때, 길에서 배운 균형잡기

긴-밤

사소하지만 사소하지 않은 것

풀잎을 들어보면

취미는 그림

관동산수

관계 속 사이의 온도

아카이브 강릉 : 박물관 이야기

지누아리를 찾아서

나는 강릉에 삽니다

우(牛) 2021

바다를 바라보며 생각한 것들

오늘을 담습니다

꽃놀이

정말 아름다운 날들이었어

참 많은 사람을 만나기도 했지

따뜻한 사람들 덕분에 함께 웃는 날이 많았어

차가운 사람들 때문에 더러 울던 날도 있었고

그때마다 너는 말없이 내게 하늘을 보여줬지

계절을 만나게 해 줬어

이 또한 지나갈 거라고

너를 살린 시간이

실은 네가 나를 살린 시간이더라

고마워

정말 고마워

우리의 시간이 다할 때까지

우리 부디 안녕하자

소집 3주년을 돌아, 봄

 # 2022. 4. 24.

4월 24일,

오늘의 소집, 3주년

안녕하세요,

소집지기입니다.

4월 24일.

오늘은 소집이 문을 연 지

3년이 되는 날입니다.

함현정 작가님의

<4월을 걷다> 전시회 마지막 날

3주년을 맞이하였습니다.

소집지기들보다

더 깊이 소집을 사랑하고

지켜주는 마음 덕분에

오늘을 맞이할 수 있었습니다.

정말 감사합니다.

머물러주신 분들께 감사하고

찾아오긴 힘들지만

마음은 늘 이곳에 두고

응원해 주시는 분들께도

다시 한번 감사합니다.

늘 지켜봐 주시는

동네 어르신들과

오늘 와주신 분들과

기쁜 마음 함께 나누었습니다.

함께 기뻐할 수 있는 건

정말 큰 복입니다.

든든한 하루였습니다.

모두 모두

정말 감사합니다.

다정한 봄날을

선물해 주신

함현정 작가님께도

정말 깊이 감사합니다.

소집 4주년을 돌아, 봄

 # 2023. 4. 24.

오늘은 소집 4주년이 되는 날입니다

벌써 4년이기도 하고
고작 4년이기도 합니다.

1,462일.
작업의 시간은 고통이지만
치유이기도 한 작가님들의
삶이 깃든 작품들은
또 다른 누군가의 삶을
기꺼이 안아주었습니다.
그렇게 위로받고 돌아가는
사람의 뒷모습을 보는 날들이,
전시하면서 다음 작업을
이어갈 힘을 얻었다는
작가님의 말들이,
'그럼에도 불구하고'의 시간을
견디게 해주었습니다.

그리고 무엇보다

진심으로 소집의 안녕을 빌어주는 분들

덕분에 나아갈 수 있었습니다.

정말 감사합니다.

해를 거듭할수록

부족한 것만 도드라져

다시 공부를 시작했습니다.

모르는 게 부끄러운 것은 아닌데

왜 진작 공부하지 않았을까

후회는 되더라고요.

지금이라도 깨달아서

참 다행이라는 생각이 듭니다.

냉정하게 직시하고 톺아보는 과정이

고되지만, 여의찮은 상황에도

배울 수 있는 지금에

감사하고 있습니다.

앞으로도 이야기를 품은 작가님들의

전시회는 계속됩니다.

많이 보러 와주시고

느끼고 표현하는 시간을

가져보셨으면 좋겠습니다.

그러다 한눈에 반하는 작품을 만나면

소장하는 기쁨도

경험해 보셨으면 좋겠습니다.

작가님에게, 소집지기들에게

큰 힘이 될 것입니다.

유한하기에

애틋할 수 있는

소집에서의 날들 속에

후회가 남지 않도록

뭔가 하고 싶은 일들은

주저 없이 해볼 작정입니다.

뭔가 하고 싶은 분들도

주저 없이 찾아주셨으면 합니다.

감사합니다.

<소집의 밤>

고종환 作

<수사 해당화>

고종환 作

<제1회 소집 아트페어

: 다시 만나는 작가들>

그림 편지

QR 코드를 통해
오디오 도슨트를
들어보실 수 있습니다.

*QR코드 오류 시엔,
https://www.beyondthesee.kr/40
또는 소집여행 유튜브 채널에서
들어보실 수 있습니다.

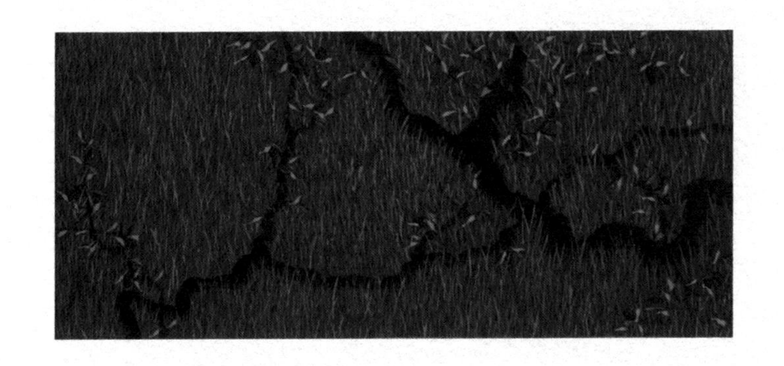

김동광 작가

<덩쿨은 자라나고>

121.5 x 53cm, 장지에 채색, 옻칠, 2023년.

김동광 작가는 긴 시간 '붓질'을 하는 과정 속에
스스로 자문자답하며 그림에 대해 알아가고 있으며,
스스로 쌓아 올린 '예술'이라는 거대한 벽 앞에서
숨통을 틔우고자 숨구멍을 만들고 있는 작가입니다.

김동광 작가는 자연이 좋아 그저 바라보다 보니
조금 더 자연을 느낄 수 있었습니다.
산도 바다도 하나의 생명체처럼 호흡하고 있었습니다.
<덩쿨은 자라나고> 작품은 그러한 이야기를 담고 있습니다.
산이 내뿜는 산의 숨결이,
바다가 내뿜는 바다의 숨결이 온몸으로 느껴집니다.
그것은 무심코 지나쳤던 작은 풀밭에서도
자연의 생명력과 그 숨결을 느낄 수 있습니다.

김동광 작가는 자연을 바라보며 평안을 얻었습니다.
무수히 많은 붓질을 하며 평온을 얻었습니다.
요동치는 세상 속에서 잠시 그림을 볼 수 있는 시간이 생기길 바랍니다.
그림을 바라보는 이에게 그러한 평온이 주어지길 바랍니다.

진주 일러스트

<island>

59.4 x 84.1cm, Digital Painting, 2023년.

진주 일러스트는 자신이 사랑하는 풍경,

일상 속 풍경을 그리는 작가입니다.

진주 일러스트의 <island>는 어느 섬입니다.

제주도일 수도 있고 하와이 어느 섬의

한 부분이거나 무인도일 수도 있습니다.

작가는 상상화가 싫은데 상상화로 그린

초록 바다 같은 이 섬이 좋다고 말합니다.

진주 일러스트는 가벼운 그림을 좋아하는 분들에게

이 그림을 전하고 싶다고 합니다.

자신의 그림을 가볍고 편하고 직관적으로 봐주길 바랍니다.

'귀엽다', '예쁘다' 이 정도의 평이어도

작가는 충분히 기쁘고 행복하다고 합니다.

이 세상엔 멋지고 진중하고 무거운 큰 작품들이

많습니다만 작가는 그 사이에서 작고 가벼운 그림을

열심히 많이 남기겠다고 합니다.

우리 모두 각자의 위치에서 더욱 행복하길 바랍니다.

고은조 작가

<바다 요람>

65.1 x 50cm, 캔버스에 아크릴, 파스텔 채색, 2023년.

고은조 작가는 서로 다른 그림체로 내면의 감정들을

하나씩 꺼내 소중한 마음을 전하고 싶은 작가입니다.

고은조 작가는 가끔 자기 전에 생각이 많아져서

잠이 안 올 때마다 몸이 기억하는

힐링의 장소를 떠올린다고 합니다.

따사로운 하늘 아래, 파도 ASMR을 들으며

바다에 둥둥 떠 있는 상상을 합니다.

<바다 요람>은 그러한 이야기를 담고 있습니다.

마치 '바다 요람'에서 자장가 듣는 느낌이 들어서 스르르 잠이 듭니다.

그럼에도 잡생각은 사라지지 않아서,

아이러니하게 피곤한 아침을 맞을 뿐입니다.

이 그림은 남에게는 관대하면서

자신에게 관대하지 못한 사람에게 전하고 싶습니다.

'자기 탓이 버릇이 되면 안 돼요.'

남보다 더 자신을 사랑하고 챙겨야 됩니다.

그래야 걱정이 줄고 마음 편히 쉴 수 있으니까요.

마음이 쉬어가길 바라며 이 그림을 전합니다.

윤석화 작가

<영원의 표정>

100 x 72.7cm, oil pastel and oil on wood panel, 2023년.

윤석화 작가는 일상에서 영원이 너무 먼 사람들에게,
변하기 쉬운 물성의 재료들로
무한히 지속될 소중한 마음을 기록하는 작가입니다.

윤석화 작가는 태어나기 훨씬 전부터 존재해 왔고
자신이 죽고 사라져도 변함없이 그 자리를 지킬
식물과 동물, 자연 그 전체를 '영원'이라고 정의합니다.
그 영원에게 표정이 있다면
이런 찬란한 빛을 머금고 웃음을 보여줄 것 같아
기록한 작품이 바로 <영원의 표정>입니다.

이 그림은 매일 숨 막히게 변화하는 것들의
속도를 따라잡기 어려운 사람에게,
'달리지 않아도 괜찮다고 우리 모두 다른 호흡으로 걸어도,
멈추어도 충분히 멋지다'고 말해줄 온도와
촉감이 필요한 순간에 함께 할 수 있기를 바라며 전하고 싶습니다.

백지현 작가

고요 (Mute)

80.3 x 65.1cm, gouache 과슈, 2022년.

백지현 작가는 바다나 나무 근처에

멍하니 앉아 엉뚱한 상상을 자주 하며

그렇게 모인 이야기들을 쓰고 그리는 작가입니다.

누구나 당연하게 될 수 있을 것 같지만 누구나 될 수 없는 것.

백지현 작가는 온전하게 지켜낸 노인의 삶을 동경하고 그립니다.

그리는 동안 불안은 희석되고 평안과 행복만이 남습니다.

대부분의 작업 과정에서 그림 속 가상의

멜로디나 소리를 듣는데 <고요(Mute)> 그림을 그리는 동안엔

완벽한 고요를 경험했다고 합니다.

'사랑하는 이의 옅은 숨소리와 함께 창밖의 눈송이만이 쌓여갈 뿐'

완벽한 행복이었다고 합니다.

이 그림은 아름답게 나이 든 사람에게 존경을 담아 전하고 싶고

아름답게 나이들 사람에겐 희망을 담아 전하고 싶습니다.

선미화 작가

<휴(休)>

72.7 x 53cm, 캔버스에 아크릴, 2023년.

선미화 작가는 주변 아름다운 것들을

마음과 눈에 가득 담아 쓰고 그리는 작가입니다.

선미화 작가의 <휴(休)> 작품 속 풍경은

작가가 강릉을 여행하던 중에 마주한 풍경이라고 해요.

하루하루 열심히 살다 잠시 떠나는

휴식 같은 여행처럼 그림을 보는 순간도 그러했으면 좋겠습니다.

이 그림은 강릉의 바다 풍경을 가까이 두고 싶은 사람,

강릉의 바다를 함께 보고 싶은

누군가가 있는 사람에게 전하고 싶습니다.

최예임 작가

<Green>

80 x 100cm, 캔버스에 아크릴, 2023년.

최예임 작가는 자연의 색감과 일상 속 마주한 장면들을
자유롭고 즉흥적인 감각으로 그리는 작가입니다.

최예임 작가는 햇빛 아래 쨍하게 빛나는 색들,
둥글둥글한 선들과 경계 없는 형태들
자연으로부터 오롯이 느끼는 색감과
찰나의 이미지들을 시각적으로
표현하는 작업 방식을 가장 좋아한다고 해요.

<Green> 작품은 커다란 나무가 바람의 움직임을 타고
부서지는 소리와 함께 흔들리는 모습을 눈에 담았습니다.
푸릇푸릇한 녹색의 색감과 날리는 듯한 붓 터치를
이용해서 보는 것만으로 시원함을 느끼게 해줍니다.

이 그림은 일상에 지쳐 있는 분들과 자연의 소리를
눈으로 느끼고 싶은 분들에게 전하고 싶습니다.

이혜윤 작가

<쓸모의 균형> 시리즈

73 x 92cm, mixed media on linen, 2022년.

이혜윤 작가는 흘려보내기에 아까운 마음과, 같은 단어로
표현되기에 아쉬운 감정들이 넘쳐 혼잣말을 그려내는 작가입니다.

이혜윤 작가의 <쓸모의 균형> 시리즈 작품 중
이 작품은 조금 경계에 있는 작품입니다.
작가는 어떤 현상이나 상태에 대한 시선에서
가장 중요하게 생각하는 것이 '균형'이라고 하는데요.
굉장히 개인적인 서사 안에서 균형에 대해,
특히 쓸모를 경계하며 그린 작품입니다.

이혜윤 작가는 그림을 그리는 활동 말고도
자기 일에 굉장히 애정을 갖고 늘 꽉 채워 일을 하는 편이라고 해요.
자신의 가치를 일로 투영하고 있다는 생각이 들고서는 그 쓸모, 성취나
성과 같은 것들에 대해 경계해야겠다는 다짐과 어떤 증명이 없더라도
가치가 사라지지 않음에 대한 이야기를 하고 싶었습니다.

'어떤 사람에게 전하고 싶은 그림인가'에 대한 질문을 받아보니
그리는 동안은 이 그림을 보게 될 누군가를 떠올려보지는 않은 것 같습니다.
추상이라는 장르가 어떻게 주관적으로 해석되든
그것에 미련이 없을 때 가능한 장르 같기도 하거든요.
이 그림 앞에서 오래 머무르며 각자의 감상으로 깊이 빠질 수 있다면
그것만으로도 잘 전해진 그림일 것 같습니다.

최윤정 작가

<Brilliantly brilliant 관동산수_산 넘고 물 건너>

60.6 x 60.6cm, oil on canvas, 2020년.

최윤정 작가는 다시 돌아온 고향 강릉에서

예술적 영감을 얻으며 창작의 여정을 이어가는 작가입니다.

최윤정 작가의 <Brilliantly brilliant 관동산수_ 산 넘고 물 건너>

관동의 풍경에서 느낀 심상을 캔버스 위에

간결한 색과 형으로 담아낸 산수화입니다.

관동산수는 산과 물의 형태로 시작해 지형으로 이어갑니다.

산과 물의 형태와 색, 내적인 해석을 통해

산과 물을 패턴 형상으로 좀 더 간결하게 함축적으로 표현하였습니다.

둥근 무지개는 과거와 현재, 현재와 미래를 잇는

연결고리로 표현해본 것입니다.

앞으로의 희망일 수도 있고, 과거의 꿈으로 볼 수도 있을 것입니다.

이 그림은 보는 사람마다 다양하게 느낄 수 있으므로,

그림을 보면서 자유롭게 느끼면 좋겠습니다.

윤의진 작가

<달의 궁전>

90.9 × 60.6cm, 장지에 한국화 채색, 2022년.

윤의진 작가는 자연물을 소재로
한국화 그림을 그리는 작가입니다.

윤의진 작가는 언젠가 우연히 만난 보름달을 보고
자신도 모르게 탄성을 지른 적이 있다고 해요.
깊은 밤, 어두운 길을 밝히는 달빛을 그림으로 담으며
자신이 그랬듯이 이 그림을 보는
사람들의 마음도 밝히고 싶다는 생각했습니다.
그 이후, 작가의 그림에는 달이 많이 등장합니다.

'나를 언제나 따라오고 지켜봐 주는 달'
'내가 잘못된 길로 가지 않도록 지키는 신'
그리고 '부족한 나를 많이 아끼고 사랑하는 나'
달은 윤의진 작가에게 그러한 의미입니다.

윤의진 작가 스스로 그림을 사랑하듯이
어떤 작업을, 어떤 일을, 누군가와의 어떤 시간을
소중히 아끼고 노력하는 분들께 이 그림을 전하고 싶습니다.
사랑하는 무언가를 계속해 내는 것은 정말 고되고 지치는 일이기에,
포기하고 싶을 때 바라볼 수 있는 그림이면 좋겠습니다.

에필로그

'잊지 말아야 할 것을 잘 잊고 있는가.'

'잊지 말아야 할 것을 잊지 않고 살아가고 있는가.'

되묻는 요즘의 날들이었다.

처음 소집 문을 여는 날짜를 정하던 때가 문득 떠오른다. 공사를 마치고 나서도 한동안 시작 날을 정하지 못했다. 공간은 준비되었지만, 내가 아직 문을 열 준비가 되지 않았다. 들뜨는 마음 뒤편엔 걱정스러운 마음이 컸다. 모르는 사람을 맞이해야 하는 공간을 한다는 것. 낯가림이 심한 내가 할 수 있을까. 두렵기도 했다.

공간도 처음이라서 나는 공간에도 낯을 가렸다. 공간에 적응하는 시간도 필요했다. 그렇게 한 달여 동안 소집도 나도 서로에게 적응하는 시간을 가졌다.

그러면서 첫 소집 날짜를 정하기 위해 달력을 보았다. 4월의 날짜를 보는데 '24'일이 눈에 들어왔다. 앞으로 읽어도 사이, 뒤로 읽어도 사이. 사이사이 이야기를 쌓고 싶은 마음을 담아 2019년 4월 24일 문을 열었다.

처음이 있어 다음이 있었던 만남. 처음이자 마지막이었던 만남. 그러한 만남 속에 울고 웃었던 나날들. 그렇게 함께 쌓아간 시간이 어느덧 5년이다.

우리가 소집을 키운 줄 알았는데, 실은 소집이 우리를 키웠다.
가장 힘들었던 시간에 만나 나를 살렸다. 또 누군가를 살렸을 소집.
그렇게 소집은 우리를 지켜주고 있다.

돌아보니 힘든 시간보다 따뜻한 기억이 선명하다. 좋은 사람들 덕분이다. 정말 감사하다. 앞으로도 어려운 일은 어김없이 찾아올 테지만 그때마다 당신이 전한 온기를 기억하며 나아갈 것이다.

"오늘도 소집하나요?"

"네!"

이 대답 또한 영원하지 않다. 첫 소집 날이 있었듯, 마지막 소집해제일도 있을 테니까. 그날까지 뚜벅뚜벅 걸어나가며, 차곡차곡 이야기를 쌓아갈 것이다.

끝까지 읽어주셔서 감사합니다.
소집을 찾아와 함께 이야기를 쌓아주셨거나,
앞으로 함께 이야기를 쌓아갈 당신이겠죠.
책으로 먼저 소집을 여행한 당신이라면
소집을 찾아와 계절을 느끼고
함께 이야기 나눌 날을 그려 봅니다.

꼭 소집이 아니더라도
편하게 가까운 갤러리를
찾아주셨으면 좋겠습니다.
마음을 안아주는 작품을 만나러
갤러리로 놀러 오세요.

오늘도 안녕하길 빕니다.

- 2024년 2월
여전히 고향에서 사람을 여행 중인 소집지기 고기은

고기은

고향여행자이자 소집지기.
여행이 책이 되고,
책이 여행이 되는 시간을 선물하고 싶은 사람.

방송구성작가, 컨텐츠 에디터로 활동하며,
팍팍한 서울살이를 하다, 고향 강릉으로 돌아왔다.

잠시 쉬어 가려던 곳이었는데,
8년째 살아가고 있다.
여전히 '정착'이란 말은 무겁다.
그래서, 스스로 '고향여행자'라 칭하며,
강릉에서 살아가고 있다.

2019년 4월부터 강릉 병산동 마을에서
소집 갤러리를 아버지와 함께 꾸려가고 있다.
자연 여행자에서 사람을 맞이하는
소집지기가 되어 사람을 여행 중이다.

쓴 책으로는 《뷰레이크 타임》이 있고,
《여행, 시작》, 《나는 강릉에 삽니다》,
《지누아리를 찾아서》 등
함께 쓰고 제작한 책이 있다.

인스타그램 @storysozip
유튜브 채널명 : 소집여행

오늘도 소집하나요?

자연 여행자에서 사람 여행자가 된

아버지와 딸이 강릉에서 그려가는 갤러리, 소집

2024년 4월 24일 1판 1쇄 발행

지은이 고기은

디자인 고은정

표지 그림 선미화

펴낸곳 위아고앤

출판등록 2016년 12월 14일 제420-2016-000007호

주소 강원특별자치도 강릉시 공항길 30번길 5

이메일 storysozip@naver.com

블로그 blog.naver.com/storysozip

인스타그램 @storysozip

유튜브 '소집 여행'
www.youtube.com/@storysozip

ISBN 979-11-959872-1-4

정가 17,000원